川柳公論叢書

第３輯

①

呉陵軒可有

新葉館出版

はじめに

尾藤三柳

古い原稿を二本まとめた。古いといっても、それなりの思いと力が入っており、当時の私そのままのすがたがある。

二本のうち「雲霽れて」は、純然たるフィクションであり、私の中のイメージの世界である。「一章に問答」は、とかく「川柳史」を口にする人の呉陵軒可有に対する視線があまりにも軽く、歴とした知名学者までが「(川柳の)門人呉陵軒」などと書くに及んで、座視できなくなった勢いのままに書いたものである。

呉陵軒については、その後の新しい考察も書いており、内容的には必ずしも満足とは言えないが、わたしの呉陵軒に対する熱い思いはわかってもらえると思う。

ヨーロッパのニーチェやボードレールに先立って、アイロニーを笑いの中心に据え、前句附の附句から一句独立した単句を志向し、柳多留の刊行を続ける間に、伝統文芸たる川柳の基を築いた呉陵軒の文芸観は端倪すべからざるものといえよう。

この呉陵軒の強力な支えとなった柳多留も、また初代川柳の万句合、書肆花屋久（舊）治（次）郎なくしては存在し得なかったことを思うと世の中不思議な絆に結ばれたものだと思わざるを得ない。

そのありがたい絆の余慶が、二五〇年を迎えることに感謝したい。

二〇一五年五月

呉陵軒可有

序　尾藤　三柳　2
もくじ　4
一章に問答　尾藤　三柳　5
木綿句集　59
小説呉陵軒　雲霽れて　朱雀弦一郎　89
史料より　呉陵軒こぼればなし　121
あとがき　127

附句独立の中心理念

一章に問答

呉陵軒可有とその文芸観

尾藤　三柳

三柳漫語　一九八二年九月　『川柳公論』42～45号

◇この稿は、「川柳公論」に連載されたものを元に当時曖昧であった部分を史料により補正した。

はじめに

私が、「川柳公論」38号の小文で提唱した〈木綿忌〉は、もちろん昨今の思いつきではない。旧師前田雀郎の在世中から、何かにつけて話題にしてきたことだから、かれこれ三十年来の《執心》といってよい。

私たちが現在携っている川柳という独立した文芸形式が、とりも直さず〈今ある〉のは、呉陵軒可有に負うところが最も大きいと考えられる。それは、以下に述べる理由からだが、呉陵軒なくして、伝統文芸としての川柳はなかったといっても過言ではなかろう。

初代川柳は、たしかに偉大であったし、その号をもって文芸を呼んでいる歴史的意義は看過できないが、一面で、それには他動的な要素を含む多分の偶然があった。というのは、当時にあって、点者・判者は数多く、時にとって、そのうちの一人が《川柳》になり得る状況にあったということである。

つまり、川柳（もしくは可能的川柳）は数多存在したが、呉陵軒可有は《ただ一人》しか居なかったということ――それが小論の眼目である。

一

独立した短詩形式を持つ川柳という文芸が、近世の雑俳と呼ばれ、前句附と名づけられた一種の擬似的（あるいは遊戯的）文芸から脱皮したことは、誰でも知っている。

たとえば発句（俳句）のように、もともと独立句としての性格を具え、それ自身の中に単句への指向を内包している場合とは異なり、一句としては完結した内容を持たない、平句の附合である前句附から、附句だけを独立させるということが、そう自然に成り立つはずのものではなかった。前句によって生まれた附句から、前句を切り離すということは、問と答から問を切り離して、答だけをハダカでほうり出すようなものである。

江戸時代後期には、前句附の性格も発生当時とは異なって、附け味や附け肌など二句附合のはたらきに求められていた機智的精神の対象が、附句そのものの内容的な面白さ、一句の趣向に移り、前句の比重もまた附句を引き出す形式としての意味しか持たなくなっていた。とはいっても、附句が前句に導かれるという基本的形式は、なお牢固としたものであり、そうした中での附句独立といった発想が、ユニークであるというより、むしろ革命約な指向を意味していることは否定できまい。

この革命的な発想を、早い時期から懐いていたのが、呉陵軒可有であった。それだけでなく、呉陵軒は独自の文芸理念を持っていた。附句が独立した場合の十七音という短いフレーズが、それだけで鑑賞に耐え得る完結性を有するには、何が必要かを心得ていた。つまり、この種短文芸をポエジーとして確立させる要件を、近代的ともいえる感覚で捉えていたのである。

呉陵軒の文芸理念、ポエジー観とは、どんなものか。

近代詩の祖といわれるボードレールは、ポエジーの要素をイロニーであるとしており、爾来、イロニー論は、さまざまなかたちで普遍化している。イロニーとは、また矛盾であり、葛藤であり、諧謔でもあるが、つきつめれば、二つの相反するものの対立的関係から生まれる。

二つの相反するものの対立的関係――これを、呉陵軒は「一章に問答」という言葉でいっている。

一章が独立した内容を持つためには、問と答の対立的な二元構造が必要だという呉陵軒の考えは、言葉こそ素朴だが、一九世紀半ばのボードレールに半世紀以上も先立つ一八世紀後半に置いてみるとき、その洞察の鋭さに驚かざるを得ない。

二

一章の中にあって、問と答のあいだに働くイロニー――これが、前句附という旧い様式の中で、前句の桎梏から脱し得なかった附句を、前句から切り離し、独立句としての短詩型を特徴づける基本的性格であると喝破した呉陵軒の文芸理念が『誹風柳多留』という結晶に具体化されたわけだが、ここで留意しなければならないのは、ほとんど同時代にあって、呉陵軒に一歩先んじた先人があったことである。

江戸座俳諧の中心的人物・四時奄慶紀逸（一六九五〜一七六二）が、それである。

呉陵軒より一足早く、しかも呉陵軒と同じポエジー観をもって、本家ともいうべき江戸座俳諧に君臨していたのが慶紀逸であり、その撰著『誹諧武玉川』は、これも呉陵軒に先立って、みずからのポエジー観を実践につしたものであった。

平句を独立句として鑑賞させようという発想は、俳諧と前句附の差こそあれ、同じポエジー観に根ざすものであり、『武玉川』と《柳多留》は十七年を隔ててそれぞれの初篇が刊行されたが、ともに新たな短文芸の金字塔となった。

呉陵軒と紀逸はほとんど同世代と推定されるが、理念においても実践においても、紀逸と『武玉川』が、呉陵軒と《柳多留》の範になったと考えるのは自然である。

『武玉川』が前句を省いたのは、ただ単に「事繁ければ」（初篇序）とか「丁数しげく、見る人もわずらはしければ」（六篇序）という表面的な理由からだけではなく、より本質的な、点者・紀逸の文芸観に根ざした志向のあらわれと見るべきだろう。

紀逸の俳諧観、附合の本意は、「句毎に曲」があって「興をおもて」とすることにある。江戸座の総帥、二世湖十の後援で江戸判者の列に加わった紀逸には三人の師（立羽不角、三田白峰、稲津祇空）があったが、その範としたのは「晋子の活法」であり、其角の遺風である。

三

其角―江戸座―紀逸と受け継がれた都会趣味、市民嗜好の俳風とポエジー観が、呉陵軒を介して、川柳風の本流に引き入れられた。

「一句の曲節」といい、「一句のはたらき」という江戸座の俳風が、とりも直さず《柳多留》初篇の序に記された「なかんづく当世誹風の余情をむすべる秀吟」の《誹風》であり、さらに書名の《誹風》が由来するところと考えてよかろう。《誹》はこの場合《俳》と同義である。

『誹諧武玉川』初篇が刊行された寛延元年（一七四八）には、すでに四十歳を越えていたと思われる呉陵軒が、書肆松葉軒蔵板のユニークな俳書とその盛行に、ある種の天啓を受けたとしても不思議はない。というより、従来からの前句附に対して、呉陵軒がひそかに懐いていた指向と、『武玉川』を編した紀逸の趣旨とが、たまたま一線上に重なったと考えることも出来る。

紀逸が、前句を省略するについて「見る人心に計りて知らるべきにや」と読者に期待したのに対して、呉陵軒が「一句にて句意のわかり安きを挙げ」る編者としての積極的努力を見せているのは、前者は俳諧平句の内容的な独立であり、後者は形式そのものとしての独立、つまり一句立てへの指向に根ざしている違いといえようか。

呉陵軒が、附句独立の基本的な在り方とした「一章に問答」とは、紀逸のいう「句毎に曲」と文芸観においてみごとに照応する。

『誹風柳多留』は、先行する『誹諧武玉川』のかたち（前句省略）だけに倣ったものではなく、こころ（一句の独立）において両編者の指向が一致していたということである。

だから、よくいわれるように、《柳多留》刊行を『武玉川』の好評だけに触発された模倣出版とのみ考えるのは正しくなかろう。

「此儘に反古になさんも本意なし」（初篇序）という刊行動機は、形式的に「書肆何某」（花屋久治郎）のことばとなっているが、これがほかならぬ編者・呉陵軒の意思を反映するものであることは、その響きからもうかがえる。呉陵軒は、『誹風柳多留』の板行というかたちで、自己の文芸観、前句附への理想を具現化したのである。つまり「附句の独立」と、そのための「一章に問答」の展開である。まさに、前句附の革命であった。

四

さて、それでは呉陵軒のいう「一章に問答」とは、具体的にはどんなことか。一、二の例を挙げてみよう。

母おやハもつたいないがだましよい

これは、《柳多留》初篇の著名句だが、もともとは、宝暦十三年万句合の「気をつけにけり〳〵」という前句に付けられた附句である。「気をつけにけり」という題意を、母親の甘さという観点から、息子の悪ヂエ（色街あそびの）に騙されないように気をつけるという意味にとらえて付けたわけだが、この附句は、そうした前句の題意を離れても、つまり、前句を省いてしまっても、独立句として鑑賞に耐えうる内容になっている。

この附句に、一句としての独立的内容を与えているのは、対立的な二段構造、いわゆる「一章に問答」である。

《〜ハ〜》という一章のかたちは、古川柳の普遍的様式の一つ（例えば、初篇七五六章中、20・5％に当たる一五五章がそれである）で、この場合、格助詞の「は」（《柳多留》では変体仮名の「ハ」）は、前後二段を結んで、その上の文が、その下に続く文に対して《問》のかたちになる。

「母おやハ」は、だから「母親というものは、どういうものかというと」である。その問から引き出されたのが、「もったいない」と「だましよい」という対立・矛盾する概念で、これが一句の内容になる。《母親はもったいない》存在であると同時に、《母親はだましよい》存在であるという背反したものの捉え方、それがイロニーであり、諧謔のもとをなしている。これが「一章に問答」の典型である。

かんざしもさか手に持テばおそろしい

二篇の句で、これも「うらみこそすれ〳〵」（明和元年万句合・仁印）という前句から生まれた附句であるが、「恨み」という動機づけ、つまり前句との繋がりがなくても、一句として充分に面白味がある。

この句のような《～すれば～》あるいは《～すると～》という様式も、「ば」や「と」によって、原因と結果を繋ぐ一種の問答的二元構造である。

この場合は、

問「かんざしも時には恐ろしい、どんな時？」

答「さか手に持った時」

問「かんざしをさか手に持ったら？」

答「恐ろしい」

といった問答が成立するが、その問答の間に生み出されるイロニーによって、一句は直立する。

イロニーとは、かけ離れた二つの現実の結合であり、予期しないもの、不意うちなどにより、諧謔でないものを諧謔と見ることである。

「かんざし」という常識的には美しくやさしい観念から、「恐ろしい」という正反対の概念を引き出したのは、「さか手」に持つという意表の状況設定であり、ここには、関係のないものの間に新しい関係を見つけ出すというイロニーの基本的発想法が見られる。

こうしてみると、前句と附句との間に働いている《恨み》などという連想はきわめて陳腐で、一句そのもののイロニーにとって、前句はむしろ無用の長物になる。

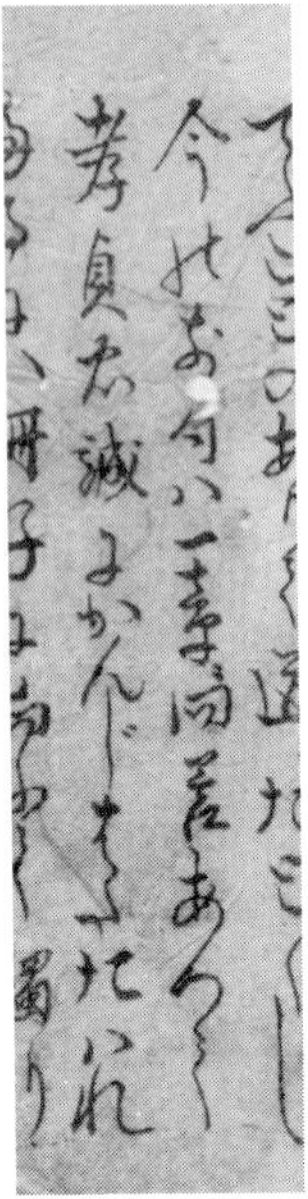

『誹風柳多留』29篇序より「今の前句ハ一章に問答あつて孝貞忠誠にかんじはたたハれ…」という一節。

これが、附句から独立単句（川柳）への契機であり、その自己完結性を支えたのが《一章に問答》ということである。

五

明和二年七月に刊行された《誹風柳多留》初篇の基本的文芸観を支えた二つの志向――「一句にて句意のわかり安き」句体と、「当世誹風の余情」を伴った句姿ということは、二つにして一つの文芸的特性、のちにいわれる《川柳性》の本質を形成するものであった。

前句との問答より「句毎の曲」を重んじた『武玉川』の俳風が、「一章に問答」を取り込んで「一句にて句意のわかり安き」附句に独立の契機を与えた《柳多留》に導入されて、両書が時に《兄弟》のごとく見なされるユニークな単句文芸を生み出した。

この《柳多留》の刊行趣旨、ということは収録句の文芸的特性については、初期の序文などで、繰り返し記され、川柳風前句作者の指針とされていった。

「題を略して」（三篇）
「題にくったくせず」（五篇）
「一句の珍作」（五篇）

「誹諧の足代」（二篇）
「誹諧にひとしき句躰」（三篇）
「当世の誹諧とひとしき句姿」（四篇）

といったように、《柳多留》の方向性がことばによって示されたわけで、これらはすべて呉陵軒の筆になる。

宝暦七年八月十五日に第一回の開キを行った初代川柳の万句合が、八年目の明和二年にいたって、《柳多留》刊行を契機に、その文芸の拠って立つ性格、つまり《川柳性》を明らかにしたことによって、作者たちからも一層の支持を得たことは、容易に想像できる。《柳多留》刊行は、作者たちにとって、よき指針となり、点者の意図を酌み取ることで、その寄句（応募句）は飛躍的にはね上がった。点者・柄井川柳の地位は、これを契機に不動のものとなり、享保の初代収月も同時代の露丸も、もはや群鶏に過ぎなくなる。やがて、前句附の名は《川柳点》にとって代わるが、この川柳風確立の基礎をつくった理論的指導者が、呉陵軒可有であった。

呉陵軒が、ことあるごとに「一章に問答」を口にし、後進の指導に当たっていたと思われる事情を、私たちに知らせてくれるのは、《柳多留》の板元・花屋久治郎である。

六

星運堂・花屋久治郎こと雷成舎菅裏が、作者として登場するのは、文化二年六月一日、浅草新寺町西光寺で開巻された桃井庵和笛追善句合（《柳多留》三一篇）からであるが、この菅裏と呉陵軒との関係は、単に《柳多留》の編者と出版元というだけにはとどまらないようだ。

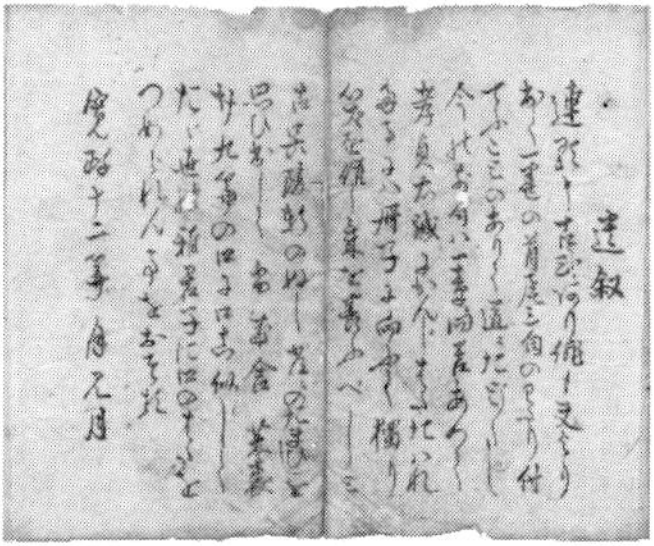
『誹風柳多留』29 篇序
〔朱雀洞文庫蔵〕

呉陵軒の生前に何かと薫陶を受けたことが、菅裏を前句の作者に導いたのであろうことは、容易に想像できるが、その呉陵軒の文芸観のよき継承者が、とりも直さず菅裏であったことを裏書きするのが、《柳多留》二九篇（寛政12）の記述である。

今の前句ハ一章ニ問答あつて、孝貞忠誠にかんじ、はたたハれたるにハ、冊子に向ふて独り笑を催し気を養ふべしと、古呉陵軒のぬし常ニのたまひしを思ひ出して、…（後略）

この文章は、重要な示唆を含んでいる。

「一章に問答」が、呉陵軒の文芸観、附句独立への基本理念であることは、前章で記した。

「古呉陵軒」の《古》は、現に名跡を継いでいる者があることを示し、それと区別して初代を指している(因に初代川柳も二代以後に対して古川柳と呼んでいた。句そのものを古川柳と呼ぶようになったのは、明治以後である)。

寛政十二年といえば、呉陵軒が亡くなって十二年経っている。ということは、その十二年をさらに遡って、呉陵軒が「常に」口にしていた言葉(というより教訓)がずうっと菅裏の胸中に生き続けてきたことを示すものだろう。

「今の」というのは、呉陵軒の在世時であり、寛政十二年現在を指すものではない。現在は、桃井庵和笛に判を仰いでおり、二九篇も他ならぬ和笛評である。当代の第一人者・和笛評の序文に、十余年前の呉陵軒の教訓を記すということは、和笛評がその教訓に包含されているということである。つまり、和笛評が呉陵軒の文芸観を受け継いでいることを自明の前提としなければ、こういう記し方はできないはずである。

さらには、十余年の歳月を距てて菅裏が「思ひ出し」たのが、当時最高峰の点者として君臨していた初代川柳の言葉でもないということ。呉陵軒が「今の」といい、菅裏が「常に」といっているのは、もちろん川柳の在世時である。しかも、風儀の方向を指し示す語調さえ感じさせるこの言葉が、日常繰り返されていたとすれば、それは当然、川柳も承知していた、あるいは了解のうえということになる。

もともと、初代川柳は寡黙である。雨譚が書き留めている句評（『雨譚註川柳評万句合』）なども、「ありのまゝの句」「聞えし通り」という類の片語に過ぎない。自己の文芸観を公言するタイプの点者ではなかったようだ。

作者たちへ何かと指針を与えたり、指導の任に当たったのは、もっぱら呉陵軒であったと覚しく、それは門葉が多いことからも推察される。もちろん、呉陵軒の指導理念は、川柳によって支持された、いわば《川柳風》の基本をなすものであり、川柳点の理論化にほかならなかった。

「一章に問答」は、《川柳風》を具現した《柳多留》の中心理念を、端的に措定したものであり、川柳風を単なる擬似文芸から超脱させるバックボーンとなった。

七

私がかねがね不満とも不思議とも思うのは、こうした呉陵軒についての論稿が、従来ほとんど見られないということである。古川柳研究の対象として、呉陵軒を正面から取り上げようとする論者がいないばかりか、はじめから関心の外に置かれていると言った方が正しかろう。

たとえば、潁原退蔵博士に「川柳の文芸性」（「国語国文」昭和二一年一〇月号）という名エッセイがあり、これはのちに川柳誌「番傘」昭和二三年六・七・八月号に転載されたが、この穎原博士ほどの学究の目も、呉陵軒にはきわめて冷淡なのである。

博士は、附句独立の際に取り込まれた文芸的特性、つまり《川柳性》を《うがち》にあるとして論を展開しているが、その中に、次のような個所がある。

「しかるに《柳多留》に至つて、すべての句に川柳的特性がきはめて顕著に見られ、その編纂は門人呉陵軒木綿の手になつたのではあるが、点者たる柄井川柳がさうした前句附の特異性に対して最も徹底した自覚をもつてゐたことが知られるのである」

この行文は、川柳（前句附の附句）が独立文芸としての特性を具えていく経緯に触れた個所だが、いささか独断、といって悪ければ推断に偏り過ぎた趣がある。文脈に矛盾が露呈されているからである。

すなわち「《柳多留》に至つて、すべての句に川柳的特性がきはめて顕著に見られ」るようになったのは、ほかならぬ《柳多留》の著者（単なる「編纂」者とは異なる）の手腕である。《柳多留》の原典が川柳点であることにまちがいはないが、例えば初篇の七五六句を採るのに呉陵軒は、他の八千数百句を棄てているのである。その結果「川柳的特性がきはめて顕著」になったとしたら、それは８％弱のエキスを取り出した事実上の選者・呉陵軒の見識と才覚に負うものといわねばならない。

呉陵軒が、附句の独立による一句立への志向と、それを支える独自の文芸観を、早くから持っていたと推定されるのは、《柳多留》へ収録する際の原典句の修正（後述）などが、その場の思いつきではなく、基本的な文芸観に依拠していると考えられるからである。

「前句附の特異性に対して最も徹底した自覚をもつてゐた」のは、だから「一句にて句意のわかり安きを挙げ」た呉陵軒の積極的意図のほうであり、「点者たる柄井川柳」に同じ自覚があったにせよ、それが《柳多留》によって初めて明らかになったのだとしたら、これまた呉陵軒の功績である。

にもかかわらず、潁原エッセイでは「その編纂は門人呉陵軒木綿の手になつたのではあるが」といった口調で冷淡というよりは、殆ど無関心に近い言及にとどまっている。また、呉陵軒が初代川柳の「門人」であるとは、いかなる典拠をもってしたものか。無関心ゆえのキメの粗さといったところだろう。

穎原エッセイは一例に過ぎないが、ことほどさように呉陵軒への関心は、学者・専門家を含めて、不当に低いのである。

次章は、呉陵軒のそうした側面と、川柳評で最右翼と目された作者としての木綿、また、その作品などについて考えてみたい。

八

呉陵軒可有について関心が薄いことの理由には、その出自などが全く不明であるという事情もあろう。

その住居についても、江戸・下谷としかわからない。

ただ、「浅下の麓」（柳多留初篇）とか、「浅下境」（同四篇・一九篇）とあるから、同じ下谷でも浅草に近い、両地区の《境》に住んでいたことが知られ、故前田雀郎は「下谷西町あたりではないか」と推測しているが、いずれにせよ、《柳多留》の出版元である花屋久治郎の下谷（竹町二丁目）と、点者である柄井川柳の浅草（新堀端）を結ぶ中間地点に位置していたと思われ、「さくら木に実をむすぶなかたちハ呉陵軒のあるじ」と四篇の跋に李雪斎机鳥が書き、またみずから「此道のなかだち」（二二篇序）と称した呉陵軒にとっては、恰好の地の利を得ていたと考えられる。

前句附に手を染めたのは、宝暦の初めか、すくなくともそれ以前であろう。というのは、柳多留二〇篇の序で雨譚が記している「昔々三十年も昔より開き毎に上名護屋をはづさず、おのづから名にしおひたる翁あり」を、記述の「天明乙巳」（天明５）から逆算すると、宝暦五年になるが、この時点ですでに「名にしおひたる」第一人者であり、年齢的にも「翁」であったとすれば、その世界に入った年代は、さらに遡ることになろう。

前句附作者としての呉陵軒は、恐らく初代川柳の立机および万句合興行以前から、その道で名を知られた存在であったようだ。初代川柳が一目も二目も置いていたと推察される雨譚（本名・小山玄良、医師。牛込・柳水連の総帥）ほどの人物が、「翁」と呼んでいるのは単に年齢的な理由からだけではなく、先輩への敬意を含めたものであろうし、また初代川柳の「旧知」（《柳多留》二四篇「玉柳」序・朱楽菅江記）であり、柳多留の点者を引き継いだ桃井庵和笛が「木綿先生」（『柳多留拾遺』序）と記していることでも、その存在についての概ねの想像はできよう。

一般に「翁」と呼ぶ場合の下限を四十五歳と考えても呉陵軒は宝永末年までの生まれで、とすると享保三年生まれの初代川柳より十歳ほど年長ということになる。だから、初代川柳に先立つ二年前の天明八年五月二十九日に没した時は、八十歳に近かったか、あるいは一つ二つ越えていたとも考えられる。

呉陵軒は四十年にわたって作者に徹したと見られるが、その間、多くの後進を育てている。川柳風の中心となった取次、下谷の《桜木》（上野山下・薩秀堂）のあるじであり、柳多留出版の後援者でもある桜木をはじめ、下谷在住の作者で、初代川柳評万句合の初期に活躍した夕ロク（陀陸）、井賀、緑枝（勝印改め）、豆亀、芦夕、巴江などが呉陵軒の門葉であったことは《柳多留》二三篇に記されているが、これらは呉陵軒以前の物故者であり、そのほか板元の花屋久治郎（菅裏）や柳多留の彫工・朝倉啄梓など、桜木連の作者はその多くが呉陵軒の薫陶を受けていたと推察できる。

九

さて、呉陵軒自身は、みずから川柳評万句合と『誹風柳多留』との橋渡しをする「此道のなかだち」などと称しているが、現実には、単なる媒介者、編輯者どころか川柳風前句の文芸観を確立した中心人物であったことはすでに記してきた。このことを最も端的に裏付けるのが柳多留の〈修正句〉である。

たとえば、初篇は、川柳評万句合の宝暦七年から同十三年にいたる七年間の勝句（入選句）九千数百句から七五六句を選んだものだが、その七五六句も原典のまま収録したわけではない。六分の一を上回る一二四句に、語句の修正などを加えている。それは、柳多留発刊の基本精神である《一句にて句意のわかり安き》独立性と、一章完結を支える文芸理念に則って附句からの脱化を目ざす、きわめて具体的かつ積極的な営為であり、ここに呉陵軒の文芸観が集約されているといってよい。

この修正は、僅か一字のテニヲハの場合でも、明瞭な目的意識と方向性をもって、呉陵軒の打ち出した《川柳性》の滝壷へ凝縮していくが、それは原句の形式によって、いくつかのパターンに分けられる。以下、初編から一部例句を引いて、実際を見ていきたい。

【I型】上五と中七以下に、ある種の切れ（空間）を設けることで、上・下の二段構造による形式的な独立感と、内容的完結性を強めようとするもので、次の三つに分けられる。

A類　格助詞「の」を軽い切字として「5－75」の格調を整える。

原句　鶏ハ何か言ひたい足つかい（宝暦10）
修正　鶏の何か言ひたい足つかい
原句　おどり子もかくし芸までしてかへり（宝暦10）
修正　おどり子のかくし芸までしてかへり
原句　すゝ掃に孔明ハ子を抱ィて居ル（宝暦11）

修正　すゝ掃の孔明ハ子を抱ィて居る

テニヲハを用いる要諦として、古くから《庭を崩して野にせよ（二・ハどちらともつかないときは、いっそノにするとよい）》といわれているが、それに通じる。

B類　「が」「も」「を」などの助詞を「ハ」にして《―ハ―》という問答形式の二段構造にしたもので、上五の「ハ」と中七の「ハ」がありともに「一章に問答」の基本形。

原句　このしろも初午ぎりの台に乗り　（宝暦11）

修正　このしろハ初午ぎりの台に乗り

原句　親類のもちあまされが麦を喰ヒ　（宝暦12）

修正　親類のもちあまされハ麦を喰ヒ

原句　霜月の朔目丸を茶屋でのみ　（宝暦12）

修正　霜月の朔日丸ハ茶屋でのみ

ただし、上五の「ハ」は、原典から逆にA類になる方が多かった。初篇に七例ある。

C類　上五の末のテニヲハを省いて、体言に変え、中七との間に空間を取り入れたかたち。

原句　草津にはめうもんらしい人ハなし　（宝暦12）

修正　草津の湯めうもんらしい人ハなし

原句　半兵衛ハ雛の頃から心がけ　（宝暦10）

修正　半兵衛雛の頃から心がけ

後者は「はんびょうえ」と五音に読むことで、「ハ」を省いた。

【Ⅱ型】問答型二段構造のもう一つの基本形、「―（する）と―」に。

原句　関寺で勅使も見るに犬がほえ　（宝暦11）

修正　関寺で勅使を見ると犬がほえ

著名な句だが、原句と柳多留掲載句とではテニヲハ二字の入れ換えで、内容が全く別なものになっている。原句は、勅使の見る前で、乞食姿の小町が犬に吠えられるという一種あわれのある風景で、「いぢのわるさよく」という前句と照応している。修正句では、小町のところへ来た勅使の見馴れない姿に犬が吠えかかるというユーモラスな風景に変えられており、小町の心情に通わせた前句のニュアンスは切り捨てられている。

【Ⅲ型】俳諧でいう《自他半》。

原句　米つきハ道を聞かれて汗をふき
修正　米つきに所を聞ヶば汗をふき

原句は「米つき」を客観的に描いた〈他〉の句であるが、修正句の中七「所を聞けば」で〈自〉が取り入れられ、一句は〈自他〉が相半ばする立体的な独立性を持つ。

【Ⅳ型】用言の連用形を終止形に修正して、一句の安定・直立を求める（A類）、その中の特殊なかたちとしての「也（なり）」（B類）、用言の名詞化（C類）、体言止め（D類）などに分けられる。

A類

原句　先生と呼ンで灰ふきすてに遣り　（宝暦12）
修正　先生と呼ンで灰ふき捨てさせる
原句　けいせいも淋しくなると名を替えて　（宝暦11）
修正　けいせいも淋しくなると名を替える

B類

原句　ぼた餅も精進落をいのこにし　（宝暦10）

修正　ぼた餅の精進落ハいのこ也

原句　寒念仏みり〳〵と歩行みけり　（宝暦10）

修正　寒念仏みり〳〵とあるくなり

C類

原句　碁敵ハ憎さもにくしなつかしく　（宝暦12）

修正　碁敵ハ憎さもにくしなつかしさ

D類

原句　しんぼちが寄ルと輪袈裟で首引し　（宝暦13）

修正　しんぼちの寄ルと輪袈裟で首ツ引

【V型】助詞「に」↓助詞「へ」

原句　天人に舞へとハかたいゆすりやう　（宝暦11）

修正　天人へ舞へとハかたいゆすりやう

原句　庵の戸に尋ねましたと書てはり　（宝暦10）

修正　庵の戸へ尋ねましたと書て置き
原句　あいほれハ顔に格子の跡が付き　（宝暦８）
修正　あいほれハ顔へ格子の跡が付き
原句　品川も木綿の外ハ箱に入レ　（宝暦10）
修正　品川ハ木綿の外ハ箱へ入レ

「に」も「へ」も、対象指定の助詞として内容的な違いはないが、「へ」に含まれる動作・作用の進行感覚と、「に」には稀薄な方向感、目的感が、その音節の響きとともに、一句の彫りを深める働きをしていることを考えると、これもまた独立性獲得のキメの細かい一要素になっている。「へ」の持つ積極的な語感が、平坦な「に」より独立句のアピールを強めることを捉えていた呉陵軒の言語感覚は、みごとというほかかない。

以上が、初代川柳評万句合という原典から、柳多留へ収録する過程での修正句のパターンであるが、この修正を支えた文芸観こそ、柳多留以降展開される《川柳性》の基をなすものであり、それは、ほかならぬ呉陵軒可有によってもたらされたのである。

穎原論文のいうように、呉陵軒は単なる柳多留の「編纂」者ではなかったし、「さうした前句附の特異性に対して最も徹底した自覚をもってゐた」のは、「点者たる柄井川柳」ではなく、呉陵軒のほうであったことを重ねて繰り返しておきたい。

十

呉陵軒可有（ごりょうけん・あるべし）という号および木綿（もめん）という作者名については、さきの《柳多留》二〇篇の序で雨譚が記している「連中いかつて、こごとをいへば、ごりやうけん〳〵とわびて笑ふ」ところから、渾名が号になったといい、また、木綿については、『燕斎叶の手記』（「川柳公論」37号『文日堂だけが《川柳風》ではない』（30頁参照）に次のように記されている。

元祖川柳暦摺に手柄ありし呉陵軒可有といへるは、高番の木綿番のみ多く被留とて、可有とは言はずして木綿と言ひ、終に作者の如くなりたり。

初代川柳一周忌の評者をつとめた朱楽菅江（あけら・かんこう）は、牛込御納戸町・蓬莱連の主魁というより、四方赤良（大田南畝）などとともに狂歌の中興として名高いが、その〈菅江〉の由来が呉陵軒に似ている。四谷二十騎町の御先手与力で、本名を山崎景貫。それを周囲は〈貫公〉（「公」は親しみをこめた尊称）と呼びならわして、カゲツラとは誰もいわないので、カンコウをそのまま号に用いて「漢江」または「菅江」と書き、「朱楽館」を別号として、朱楽菅江（アケラカンの洒落）を狂名にしたという。

前田雀郎は、〈木綿〉といい〈呉陵〉（陵は綾＝アヤ＝に通じる）というのは、呉服を業としたからではないかと推理しているが、格別の根拠はない。

雨譚にせよ、叶にせよ、その号の由来を、作者としての卓抜さに帰しているのは、偶然にせよおもしろい。

ちなみに、叶の場合は呉陵軒の生前を知らない（寛政三年九月の初代川柳一周忌追善にはじめて出席）が、おそらくは父・帰潮からの聞き書きであろう。当時、呉陵軒にまつわる通説のようなものが、巷間に伝えられていたのだろうが、右の手記によれば、《木綿》がアダ名で、それ以前に《可有》があったとも思われる。

いずれにせよ、作者として第一人者の地位にあったことは想像に難くない。

以下、その作品を概観してみよう。

作者・木綿の句はかなりの数にのぼるだろうが、《柳多留》から確認し得るのは組連句集などを併せて確認できるのは二六〇章ほどにのぼる。没年の四月（東西角力会＝天明八麗１）まで作り続けた中から、いくつかを挙げてみる。〔和数字は柳多留の篇数〕

はねの有いひわけ程はあひるとぶ　（明和２・樽七）
角田川二十二三な子をたつね　（安水２・樽二）
元ト舩て大の男の針仕事　（同）
二人リとも帯をしやれと大屋いひ　（同）
ばん頭ハ女のぬけ荷斗かい　（同）
おらが大屋ハ小人ンとしゆ者ハいひ　（同）

うるしくさく無ィ道具ハ二度め也　(安永3・樽九)
五十づらさげて笑ひに出る女　(天明2・樽一八)
御てさんは又江戸へかと腰を懸　(天明6・樽二二)

柳多留に見える最後の勝句は、前に記した二三篇の、

年号もよしの〻方ハさくらさめ　木綿

である。

これらの句は、概ね角力句合ならびに組連句会の勝句である。ということは、同じ作者による同じ川柳点でも、本番の万句合よりは一般にトーンが落ちた入選句と考えてよい。にもかかわらず、木綿の句は、柳多留全体の水準から見ても質が高いことに、まず気づくであろう。

一句一句の鑑賞は別章に譲るが、これだけ並べただけでも、木綿の句には《柳多留》のエキスがちりばめられており、なおかつ作者の個性と力量がのぞかれる。

なによりも確かな《目》と、したたかな把捉力が、作品のアクチュアリティを支えている。「あひる」のウガチも、「元ト舩」のアイロニーも、「五

十づら」のリアリティも、すべてその《目》がよび込んだものだ。また「御てさんハ」の軽いスケッチも、川柳のもつ《目》を代表している。と同時に、柳多留の非文芸的な一面、コトバの技巧だけで観念的な笑いの図式を描こうとする機知句「うるしくさく無ィ」や「ばん頭ハ」の発想も、避けがたく同居していたことは否めない。

十一

木綿こと呉陵軒可有の句からは、善悪をふくめて《柳多留》のエキスのような諸要素が取り出せる。残念なことに、万句合における木綿の勝句（入選句）を知る手がかりは少ないが、川柳風の中心であり、作者として第一人者であったことは間違いなく、その片鱗は、作者名の知れた角力句合のわずかな句柄からもうかがえる。

前にも記したように、角力句合の勝句が、万句合のそれよりもオクターブ調子の下がったものであることを前提にして、可有の句の幾つかを見ていきたい。

はねの有いひわけ程はあひるとぶ

「いひわけ程は」がヒネリで、コミカルな風景を、より際立たせる。いわゆる川柳的ものの見方の典型で、基本的に写実の目に支えられているからだ。だが、このヒネリが観念的なコトバだけのくすぐりになり易い傾向も、この時代から同居していた。

ばん頭ハ女のぬけ荷斗かい

お店の番頭がこっそり遊所通いするのを「女の抜け荷を買う」といったまでで、「抜け荷」というコトバの機智性だけに笑いを求めている。のちに狂句となる観念のあそびがすでに見られ、柳多留の非文芸性の一面を代表するパターンである。

うるしくさく無ィ道具ハ二度め也

初篇に「嫁の部屋這入ルと漆くさい也」があるが、再縁の嫁入り道具はすでに漆の香も落ちているという発想のおもしろさのわりには、全体に説明的に感じられるのほ、「―ハ―」という基本的形式の上・下に飛躍や矛盾がなく、予定調和的な叙述に終わっているからであろう。「うるしくさく無イ」という言い回しに（でなければ前句に）寄りかかりすぎたきらいがないだろうか。

こうした一種の理臭も、柳多留の長所とはいえない属性といえる。

角田川二十二三な子をたつね

人買いに攫われた七歳の梅若丸をたずねて、物狂いとなった母親が武蔵国隅田川へさしかかるという謡曲「隅田川」を下敷きにして、帰りの遅い道楽息子を、吉原とは知らない母親が、隅田堤あたりまで探しに出るという親ばかぶりをユーモラスにとらえている。「尋ね」るのが、「二十二三」にもなって、女遊びでもしようという一人前の「子」であるのが面白い。

元ト舩て大の男の針仕事

「大の男」と「針仕事」の取り合わせによる典型的なアイロニーで、柳多留の佳句の系譜を支える一例。自然な笑いに引き込まれる風景を描き出したのは、目の確かさであろう。（註…「元舩」は遠洋航行の大船）

同じ目が、妥協のないリアリズムで、一個の人間像を描き出したのが、

五十づらさげて笑ひに出る女

で、作者は何の説明もなく、対象をそこに取り出しただけだが、平均寿命が七十何歳という現在の五十歳とは意味もひびきも違った時代の五十女（たぶんは遣手とか仲居といった類の）の白粉がひびわれた笑顔がナマナマしい。

興味があるのは、同じ柳多留一一篇にある二句の〈大屋〉である。ともに、会話語による基本的形式。

二人《リ》とも帯をしやれと大屋いひ

これは『誹風末摘花』初篇にも収録されて著名な句だが、ユーモラスに描出された情景には猥雑感がない。現場をとり押えられた男女のあられもない姿に、渋面をつくった大屋の顔――だが、その大屋の怒りとも困惑ともつかない表情が、しだいに作者と重なってくる。こんな場面は毎度のことなのだろう、何ともしまらない男女を交互に眺めている大屋の《目》と、呉陵軒自身の《目》とがひとつになって、それがまた読者ひとりひとりの《目》に移しかえられる。「大屋言い」とは、大屋すなわち呉陵軒が言ったのではないか、とさえ思えてくる。

おらが大屋ハ小人ッとしゆ者ハいひ

この句も、とり方によっては、一種の〈楽屋落ち〉と思われなくもない。長屋に住む儒者（論語読みとも素読の師ともいう）と大屋の取り合わせけ類型でもあるが、また実際の大屋がこの句を詠むことで、仲間うちにドッと笑いを起こさせる――そんなアソビもこの世界にはあった。小人ときめつけられている大屋よりも、長屋の店賃も払えないくせに、言うことだけはシカツメらしい儒者を笑いの対象にした作品の〈目〉は、それが第三者であるよりも、当事者の軽い冗談と見た方があたたかいし、ユーモアとしての効果もある。

呉陵軒こそ、ほんものの大屋ではなかったのか。

十二

柳多留の序文に見られる文章力や、それを支える見識などから推して呉陵軒の位置を考えるとき、武士でないとすれば、それなりの教養を身につけた中間知識層が想定される。初代川柳（町名主）と同レベルもしくは地附家主、書役、町代といった線が妥当するように思える。

初代川柳が名主をつとめる龍宝寺門前が、町奉行支配となって、名主番組が二十一番組に組み入れられたのは寛延二年（一七四九）、父・宗円の時代である。二十一番組というのは、のちの浅草真砂町から下谷坂本町嶺照院門前にいたる三十町余である。この二十一番組という名主番組の地域内に呉陵軒の住む「浅下の麓」つまり浅草・下谷の境界はすっぽりと包含される。その中の下谷側の一町に呉陵軒が在って、町役をつとめていたとしたら、初代川柳との関係も単なる点者・作者以上のものだったと考えることが可能になる。

呉陵軒は、川柳の妻（女柳）の追善句合に、個人で差し添えとして名を連ねている。催主は、新堀端・若菜連の清江と、雷門・八重垣連の一口で、これは女柳系の縁者と推測されるが、呉陵軒もまた川柳の妻とは何らかのつながりがあったように思える。女柳という女性は、前句附にも通じており、おそらく初代川柳の点業のどれほどかを扶けていたろう。

小さな門前町とはいえ、名主という職掌の多岐多端を考えると、十日ごとに数千句から時には万を越す選句を捌くことは物理的にも無理ではなかろうか。現在、判明しているだけでも一万句突破が七十四回、二万句以上が三回ある。締切は開巻の五日前だから、実質的な選句期間は刷り物にする時間も含めて五日間、仮に一万句として一日に二千句、それだけにかかって数時間はかかろう。ことに老齢ともなれば、これは重労働である。名主の片手間仕事とはいえない。そこで、女柳の存在が色濃く浮かび上がってくる。

女柳が、龍宝寺の墓石に刻まれた三世川柳の実母だとしたら、明らかに後妻である。三世が生まれたとされる安永五年は初代川柳が五十九歳の時であり、当時の母親に出産可能な年齢を想定すると、後妻しかあり得ない。

女柳は、おもうに前句附連衆の縁者であり、相当な才女であった。(ここで思い出されるのは、柳下亭種員の『歌俳百人撰』にある「天人は小田原町を覗いてゐ」の逸話である。)その才女を見込んでなかだちしたのが、呉陵軒ではなかったろうか。女柳、呉陵軒、そして初代川柳没後、一時的にせよ花洛庵一口が川柳風の中心的地位を得たかに想像されるのは、この三者いずれとも浅からぬ関係にあったからだろう。

女柳没後の川柳点に、はっきりした内容の低下が見られるのは、よき伴侶であるとともに、よき協力者を失ったことが原因ではあるまいか。三十年余にわたり二百数十万句に及ぶ寄句を捌いてきた初代川柳点に、ようやく衰えと破綻が顕在化し、一それが川柳風内部の暗雲を呼び起こす端緒になったと考えられる。

その暗雲の中で、呉陵軒が倒れ、柳多留は初めて休刊することになる。

十三

呉陵軒可有は、天明八年(一七八八)五月二十九日に没した。この前年の天明七年に、三篇以降十九年間続刊されてきた《柳多留》が、初めて休刊している。同年に刊行されるべき二二篇は、呉陵軒が亡くなって二カ月後の翌年七月に発兌されたが、序文は呉陵軒が記しておりまた同篇所収の吉例花角力(天明八年正月開キ)に木綿の句が見えている。

《柳多留》は概ね春に集句を終わり、五月ごろから板刻にかかって七月に開板されるプロセスをとっていることを考えると、天明七年に休刊したということは、この年の一月～四月、つまり掲載句の採集期間に、呉陵軒が病臥するなどのアクシデントがあったものだろう。だが翌年の一月には、花角力に出句できるほどになり、この間に集めた句を一年遅れの二二篇とし、序文も記したが板刻の過程で没したものと思われる。

この二二篇の休刊は、高齢の呉陵軒の病臥と見るのが自然だが、そのほかに、或は川柳風内部の確執、組連間のトラブルのごときものがあったかにも想像される。

というのは、この二二篇の序で呉陵軒が、自分は「此道のなかだち」として、「好士考士のむつまじきをねがふ」のが《柳多留》の趣旨だと記している口吻が、ただの縁語表現というより、そうした事態への心くばりのようにも思われるからである。

何よりも公正が要求されるこの種懸賞文芸にあっては、絶えずそうした問題が起ることに不思議はないし、さればこそ点者が神明に誓ったり、引札の応募要項に附してわざわざ「諸事偽かましき儀一切不仕、正道を専一と仕候」と断わったりもしなければならなかった。「今川叟の評は正道を専らとし、いさゝかも贔屓の沙汰なし」と呉陵軒が書いている(七篇序)ように、公正を金看板とし、またそれ故に人気もあった川柳点ではあるが、三十年ものあいだ、そういう問題が全く起こらなかったとしたら、その方がむしろ不自然だろう。

組連や投句者の疑心暗鬼に、「なかだち」である呉陵軒が心を痛めたであろうことは当然想像されるが、このような視点に立つとき、

雲晴れて誠の空や蝉の声

という辞世までが、川柳風内部を覆った暗雲の払拭に願いをこめたものと思えなくもない。「誠」は「真実無妄」(中庸・註)であり、「蝉の声」は点者・川柳の開巻披講の声である。

初代川柳というユニークな存在を中心に据えて、自分の影響下にある下谷・浅草の連衆と、雨譚、菅江などが率いる山の手の連衆とを合わせて、川柳風を組織化したのは、恐らく呉陵軒であったろうし、「此道のなかだち」には、そうした意味も含まれていたと思われる。とすれば、呉陵軒が

死に際まで心を痛めたのが、川柳風内部の確執であったことは、当然すぎることだったろう。

十四

極楽のひやうとく和尚付ヶてくれ　　車井

呉陵軒木綿の追善句合に見えている勝句で、故人の追悼句とも思えるが、「ひやうとく」は表徳――つまり俳名や雅号など、本名とは別にその人をあらわす名のこと、この句の「極楽のひやうとく」とは、戒名を指している。

ところで、木綿こと呉陵軒可有の表徳については、雨譚の序文（柳多留二〇篇）と燕斎叶の「手記」をさきに引いたが、そのおり前田雀郎の推論にも触れた。

雀郎は、木綿といい、また呉陵というのが、呉服を標榜するものと推測、〈太物を業とする人〉ではないか、といっている。

あくまでも想像の域を出ないが、この想像にはそれなりの理由がある。というのは、当時の前句作者の表徳がその職業や居住地などと、何らかのかかわりをもっていることが多かったからである。作者自身と全く無関係な表徳も皆無とはいえまいが、洒落気分の横溢した当時の作者が、一ひねりした表徳を、逆にひねり直して、それから職業なり居住地なりを想像することは、単なる連想あそびにとどまらない。

すでに身許の判明している作者と表徳との関係を見ても、それにはいくつかのパターンが考えられる。余談にはなるが、しばらく筆を遊ばせてみよう。

◆職業に関連した表徳

門柳　初代川柳の〈連枝〉といわれる牛込の植木屋。「かどのやなぎ」

——つまり門口に柳を植えるのは、植木屋の看板である。

啄梓　『誹風柳多留』の彫工・朝倉啄梓。屋号の〈桜木〉も板木、〈梓〉も板木の意味で、アズサをツイバむというのは、板木師をシャレたもの。

佃　五世川柳。腥斎《なまぐさい》佃《たづくり》、江戸・佃島の御用漁師・水谷金蔵の本業を標榜したもの。五世の長男・六世川柳も家業及び点者を継いで、表徳は、ごまめ。

松魚　魚の仲買人で、新好亭と称した。

海魚　同じく魚屋。漣亭と称す。

角重　料理屋。升酒亭と称す。

梅里　薬種商。九双亭と称す。「九双梅」とつづけると「クスリ九層倍」になる。

株木　カブキと訓む。葺屋町狂言座の市村羽左衛門。庵号は俳優屋。

和国　〈和国鮨〉の主人。松戸庵と称す。

酢丸　〈めうがずし〉主人。芝桜田久保町。

彫久　象牙細工師・河内屋久七。芝西久保青松寺門前の家主。

縫惣　縫箔屋惣次郎。麹町平河天神の社内に水茶屋を出し、鶴屋という。

山藤　山口屋藤兵衛。日本橋馬喰町の板元。天保十二年、『新編柳多留』を刊行。

三箱　三田通新町の箱屋。宝玉庵と称す。本名・伊三郎、異名・達磨。剃髪して坐禅堂。真砂連の総帥で、狂句、モノハの点者。『川柳百人一首』『柳の葉末』などの発行人。

◆居住地に関連した表徳

菅裏　『誹風柳多留』板元、東叡山下竹町二丁目の星運堂・花屋久治郎。店舗が五条天神社の裏参道にあたることから、菅（原道真）の裏（スガウラ）とシャレたもの。雷成舎は道真のカミナリに通わせ、「カンリ」（雷の音）と響き合う。

窓梅　文化年代初期の主選者。この窓の梅も天神様だが、こちらは麹町の平河天神で、窓梅はその傍に居住していた。

麹丸　麹町隼町に住んで五葉堂麹丸と称した。本業は下座見（諸侯に雇われて江戸城見附に詰める）で、鈴木彦兵衛。鳥組（鳥の字がつく表徳の作者グループ）以後の麹町連（小松会）を再興。

礫川　文字通り小石川諏訪町の平野氏。約半世紀にわたって狂句界を牛耳った文日堂。城中の茶道。〈小石川の翁〉と呼ばれた。

真乳　井升連（今戸）の作者。真乳山から取った。金竜（金竜山）、宮戸（宮戸川）、浅裏（浅草寺裏）なども、同じ発想であろう。

初代川柳については、明確な根拠はないが、名主をつとめていた龍宝寺門前町、通称新堀端の〈かわやなぎ〉から思いついたともいう（『新編柳樽』一九篇）から、この部類に入れてよかろう。

また、呉陵軒可有については、その住居を暗示したと思われる「水禽舎縁江」の別号が、柳多留初篇の序に見えている。「水禽」は不忍池、または三味線堀にちなみ、「江」は不忍池を水源とする忍川、下谷地区から浅草地区を経て新堀川に流入、ともに大川（隅田川）に注いでいる。「縁」はそれに沿った地域で、文字通り《浅下の境》を通過する。（この考証についてはは〈別稿〉あり）

◆本姓・本名などに関連した表徳

木卯　著名な柳亭種彦。「柳」を左右二つに割って号とした。のち二代（初名・花菱）に譲り、柳亭となる。四世川柳門人。

叶　小日向の堀田氏。一口舎芋洗の子。本姓・堀田の「田」を口と十にひらいて最終の号（旧号・芋隣→眉長）とした。哥農とも記す。

雷リ　本名・藤枝宮蔵。初め雷獣と号し、のち雷リと称す。操斎松丸（麹町六番丁、木下家用人）と並び称された上手。

◆芸名などをそのまま表徳としたもの

船遊亭扇橋　音曲噺の元祖。名人。点者。

都々一坊扇歌　扇橋門人。高座も狂句も一流。

入船扇蔵　扇橋門人。二代目扇橋。

ほかに、扇橋を盟主とする真砂連には芸人が多く、春遊亭花山、月光亭芝丸、清流舎芝川、千歳亭松露、和合舎通古、門次楼稲丸などがいる。

十五

表徳には、新古とり混ぜてだいたい右のようなパターンがあるが、雀郎は呉陵軒を①と推測したわけだ。

ところで、似たような名では、享和三年『青物詩選』という狂詩集をものした悟了軒泥坊が有名である。また俳家では、「可有」という表徳が何人かいる。文化年中の矢野可有、嘉永年中の四望亭可有、柳雫園可有などだが、時代がだいぶん隔たる。同時代では、並井至席（梅翁）が呉綾斎と号している。ただし、これは摂津の人。雑俳点者でゴリョウケンなにがしと名のるのがあったような気がするが、現在手許に資料が見つからない。

呉陵軒可有は狂歌系の表徳とも思われるが、『誹風柳多留』初篇に突如あらわれる以前については、今のところ何もわからない。ただ、点者である川柳より先に、二代ができている。といっても、この二代がまたあいまいな存在で、すぐに消えてしまう。

呉陵軒可有の追善会は、一周忌から二カ月後れた命日の七月二十八日に開巻されている。初代川柳の点になる故人追善角力会は、柳多留に見られる限り二回しかなく、最初が二年前の天明六年三月二十七日開巻の「女柳追善句合」であり、次が「呉陵軒木綿追善会」である。

木綿追善会は、女柳追善の寄句二二八二章には及ばなかったが、二一八七章とやはり二千台を越えた。安永四年正月以来恒例化された花角力句合の寄句が概ね一二〇〇～一八〇〇の千員台を上下していたことと、当時、江戸に在った川柳風の作者数が「漸く百人内外」（「燕斎叶の手記」）であったことを考え合わせると、故人生前の〈重さ〉をしのばせるものがある。

さて、この木綿追善会の催主はカタル、補助は桜木連となっている。桜木連は当然のこととして、カタルとはどんな関係にあった人物か。解っているのは、はじめ「周語」と称し、のち「加多留」から「カタル」と書くようになった桜木連の有力な作者であるということ。また追善会のあとに、

言の葉の茂る手向や一めぐり

の追悼句を添えている「語涼軒」が、〈語〉から推して〈カタル〉と同一人であろうということだが、この語涼軒が、柳多留二二篇の巻末、木綿の辞世のあとに「右追善会柳樽廿三篇江加入仕近刻出板　二代呉陵軒」と次号予告をしている「二代呉陵軒」そのひとなのかどうか確証はない。これから二十年もあとに、星運堂菅裏がわざわざ「古呉陵軒」と記し、後継呉陵軒が存在することを暗示しているが、二二篇の「二代呉陵軒」、二三篇の「語涼軒」以後、柳多留にそれらしい名は現われない。

ここで問題になるのは、二三篇の序文を書き、また追善会のあとに「故人木綿門葉」七名の句を記して「右の七吟を思ひ出タせバ其面影にあふ心ちして只回向するのみ　如せい」と記している「如猩」なる人物で、これが二三篇の編者らしい。とすれば、二二篇で次号予告をしている「二代呉陵軒」と同一人とも考えられる。「二代呉陵軒＝如猩＝カタル＝語涼軒」という等式が成り立てば、「カタル」を作者名、「呉陵軒（もしくは語涼軒）如猩」を別号とすることで、一応の符節は合うが、もちろん推定の域を出ない。「如猩」という名は作者としては現われないが、一昔も前の木綿門葉の故人たちに「あふ心ち」がするという口吻からも、桜木連を中心とする下谷在住の作者たちと深い関係にあったことが知られる。

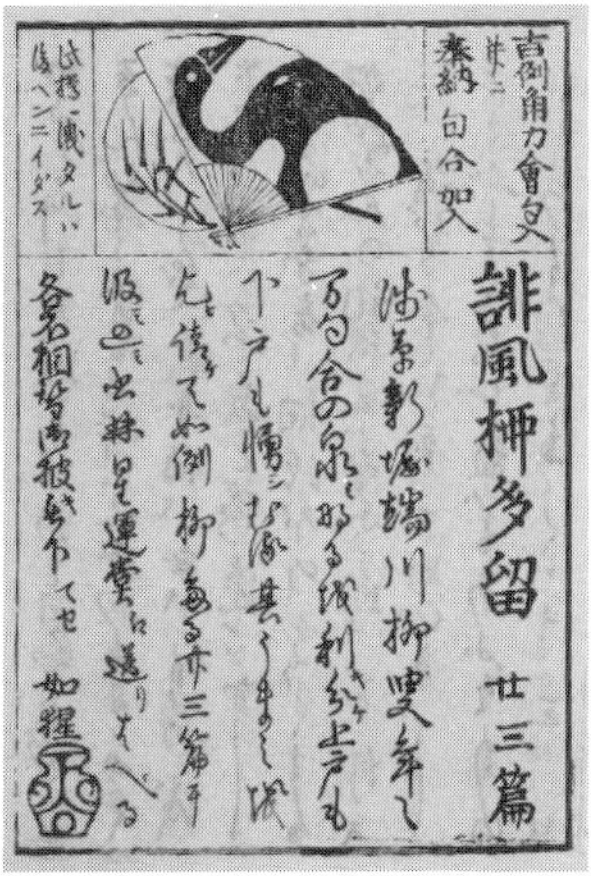

『誹風柳多留』23 篇扉

〈史料のしずく〉

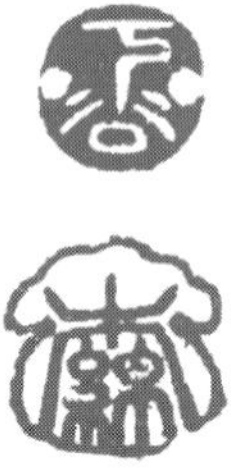

㊨ 浅下の麓呉陵軒可有（『誹風柳多留』初篇序）

㊤「下谷」「木綿」の組印（『誹風柳多留』19篇）

呉陵軒可有の住まいは、『誹風柳多留』初篇序文の「浅下の麓」と同十九篇の署名に付された「下谷・木綿」の印によって、「浅草と下谷の境界」に住み、下谷に属していたことが窺える。また、別号の「水禽舎」「縁江」からは、川ないし掘割に縁のある地域が目に浮かんでくる。

下谷浅草の境界で水に縁があるとすると、「忍川」沿いや「八丁堀」辺が有力であろう。「西町」（雀郎説）や「七軒町」（三柳説）もしかり。

木綿句集

作者としての呉陵軒

◇『誹風柳多留』ほかの川柳派の組連句集に木綿の名で登場した作品および「雨譚註万句合」などにより木綿の句として判明した作品を年代順に抜書きした。

◇呉陵軒可有自身が手を入れた『誹風柳多留』の表記を基本とし、万句合の表記を左側に併記した。

◇万句合にしか掲載のない作品は、暦摺の識別とともに前句、取次名を掲載し、呉陵軒可有の姿に僅かにでも近づく契機として掲載した。

◇序文に掲載された万句合勝句以外の十七音（発句か）も併せて掲載した。

◇読みやすさを考慮し、特殊な仮名表記（[illegible]→さま　等）は、通常の仮名表記にした。漢字は、新字体を原則とした。また、新字体がないものや柳多留に独特なもの（娵…嫁、枩…松　等）については、そのまま表記した。

かたまつた金丁子やへ度々は入り
明和6天1 にきやかな事〳〵（初瀬）

五六丁四方かまつてさつて遣り
明和6満1 はしり社すれ〳〵（初瀬）

藪入リと無言で居ルかむこになり
明和6宮1 目立チ社すれ〳〵（初瀬）

六尺て見世のふさかる一チ旦那
明和6宮1 目立チ社すれ〳〵（初瀬）

表門金山有リといわぬ斗カ
明和6桜1 見つけたりけり〳〵（桜木）

ほしかつて居ても御妾あれ田畑
明和6桜1 さま〳〵な事〳〵（桜木）

花火うり蚊をほき出してよんて行
明和6松3 しらせ社すれ〳〵（初瀬）

はねの有いひわけ程はあひるとぶ
7篇7（初瀬）柳多留初出
いゝわけ　程ハ　飛ふ（万）
明和6松3 元トのことくに〳〵

あぶみへもつもれ初瀬の山桜
5篇序 明和7（発句）

近江
満月のそのこゝろミや五日月
7篇序 明和9年7月（発句）

今明ィたまり場へ娵の夕すゞみ
安永2・7・5 はしめ社すれ〳〵
(桜木)

もてた事《こと》四ッ手とはなすはしたなさ (万)
11篇9 (桜木)
安永2・7・5 祝ひ社すれ〳〵

元ト舩《ふね》て大《大イ》の男の針《はり》仕事 (万)
11篇9 (桜木)
安永2・7・5 にぎやかなこと〳〵

あぢな物好キたとせのを三箱つミ
安永2・7・5 祝ひ社すれ〳〵
(桜木)

今しかた見へなはつたとかミ結どこ
安永2・7・5 にぎやかなこと〳〵
(桜木)

ぬゑ《え》をゐ《い》た手きわに宮ハふわとのり (万)
11篇11 (初瀬)
安永2天1 さへ〳〵とする〳〵

花の雨おもへハすわとい世の神
安永2天1 さへ〳〵とする〳〵
(桜木)

月見前ごう《ごふ》をまねきに息《むす》子行《行キ》 (万)
11篇11 (桜木)
安永2天2 似合社すれ〳〵

けいせいのすわつたなりにすみがへり
安永2満1 さわり社すれ〳〵
(桜木)

七《七ゝ》くさに遣リ手も長《長イ》い爪《つめ》をとり《取リ》 (万)
11篇12 (桜木)
安永2満2 おふちやくなこと〳〵

成田やのかしがくふよとげい子いゝ

あざ笑ふとハかげ清がいゝはしめ

書ｷ置ｷてずつと出た日に惣しまひ

品川て同行五人なとゝしやれ

御まゆにしめりけの無ィ鳥羽の院

われる程ちるでやね舟けいきあけ

筆頭といふハあかしの御すかた

こん礼を《こんれいを》女郎《女良》賀し《賀シ （万）》たりきよくつたり

いゝ名つけ當時のやくにたゝぬなり

かげ《かけ》清ハらうざしハせぬおとこ《男 （万）》なり

安永２満２　さわり社すれ〳〵
（柳水）
安永２満２　さわり社すれ〳〵
（初瀬）
安永２宮１　もちい社すれ〳〵
（桜木）
安永２宮２　もちい社すれ〳〵
（桜木）
安永２宮２　おくひやうなこと〳〵
（柳水）
安永２宮３　あつはれな事〳〵
（桜木）
安永２梅１　心よひ事〳〵
（柳水）
11篇18
安永２梅２　心よひ事〳〵（桜木）
安永２梅２　しれぬことかな〳〵
（桜木）
11篇18　（初瀬）
安永２梅２　しれぬことかな〳〵

下女星か夜はいにあたりはらむなり
文覚があるきをすると伊藤いひ　いゝ（万）
中に引ッさげて遣リ手ハ蔵へ入れ　いゝ（万）
取ルものハ取ても三うらはらが立チ
花の明日けんきやう御まきなされたの
となりから喰つミかりる壱人リもの
座敷もちだけで四分利斗カおぼへ
金ンだゝをいふとまんぢうさまたそよ
一チの無イ声で座頭ハはたるなり
もちをへらしたとほう引とめられる

安永2梅3　気さんしな事〳〵（桜木）
11篇13（柳水）
安永2梅3　しれぬことかな〳〵
安永2梅3　しれぬことかな〳〵（初瀬）
11篇19（桜木）
安永2桜1　引手あまたに〳〵
安永2桜1　見たい事かな〳〵（桜木）
安永2桜3　てかしたりけり〳〵（桜木）
安永2桜3　見たい事かな〳〵（桜木）
11篇19（桜木）
安永2桜3　見たい事かな〳〵
安永2桜3　引手あまたに〳〵（桜木）
安永2桜3　てかしたりけり〳〵（桜木）

今夜やらぬとあたけると母はいゝ
安永2桜3　命なりけり〳〵
（桜木）

源左ヱ門なたのさびたハいゝのこし
安永2桜4　引手あまたに〳〵
（柳水）

哥かるた乳母をハ十ッ首ごミで入れ
安永2桜4　てかしたりけり〳〵
（初瀬）

いおとすと主上ぬくつて取たやう
安永2松1　にくいことかな〳〵
（桜木）

諷の師たいことにらみつおふへい
安永2松1　しやまなことかな〳〵
（桜木）

角田川二十二三な子をたつね
廿二三の　たづね（万）
11篇4
（柳水）
安永2松2　おとし社すれ〳〵

主馬よりハしづかゞほうハくんじゆなし
安永2松2　おとし社すれ〳〵
（桜木）

飛脚屋とくしやくわんおんせいしなり
安永2松2　能かけんなり〳〵
（桜木）

八はしが客のりよ宿ハてつほうず
安永2松2　にくいことかな〳〵
（桜木）

二人リとも帯をしやれと大屋いひ
いゝ（万）
11篇20
（初瀬）
安永2松2　にくいことかな〳〵

がらの能むす子さんだと二十けん
安永2松3　おとし社すれ〳〵
（桜木）

びろ〳〵として八御さい《菜》ハつとまらす《ず（万）》
11篇20
（桜木）
安永2松3　能かけんなり〳〵

十七や品川へかと顔を見る
安永2仁1　なふり社すれ〳〵
（桜木）

雪をともし火として母門に待チ
安永2仁1　つれ立チにけり〳〵
（桜木）

つく田への壹《壱》番舟《舩》ハ米屋《米や（万）》なり
11篇23
（桜木）
安永2仁2　なふり社すれ〳〵

泣キばやい娵てはら一ツはいいわず
安永2仁2　それ〳〵なこと〳〵
（桜木）

ふぐといふものにけだものおされたり
安永2仁2　つれ立チにけり〳〵
（桜木）

跡トくさらかしハしんるい中をよせ
安永2仁3　つれ立チにけり〳〵
（柳水）

まり壱つおつかけて行クとしま丁
安永2仁3　それ〳〵なこと〳〵
（桜木）

あり余ル手代さし置キ後家通ひ
安永2仁3　なふり社すれ〳〵
（桜木）

庄屋《庄や》を《をハ》ばきらつて江戸のかけむかい《向ひ》(万)

通リもの片タかべつけて書キ入レる

さくらをハそら生酔で折て来る

だん金ンのまじわり諷からおこり

宿のひんきうを御妾直キ訴する

小間ものやかすと井戸だと土手でいゝ

辻番はよしごをはいて下座をする

さいま木のそばによごれたらんじやたい

ばん頭《番ンとう》ハ女のぬけ荷斗かい《斗リ買イ》(万)

花の留主しらみ《ミ》(万)見て居ルごうはらさ

11篇24 (桜木)
安永2仁3 それ〳〵なこと〳〵
安永2仁4 それ〳〵なこと〳〵
(初瀬)
安永2義1 うき〳〵とする〳〵
(桜木)
安永2義1 すいな事かな〳〵
(桜木)
安永2義2 こゝろ〳〵に〳〵
(桜木)
安永2義2 こゝろ〳〵に〳〵
(桜木)
安永2義2 うき〳〵とする〳〵
(桜木)
安永2義3 こゝろ〳〵に〳〵
(柳水)
11篇25
安永2義4 うき〳〵とする〳〵
安永2義5 うき〳〵とする〳〵
(桜木)

口チッはたつめりなさいと遣リ手いゝ
つりの二《弐》（万）朱さもおしそうに遣リ手出し
ちやうらかすやつとちはやの寄手いゝ
おらが《おらか》大屋ハ《は》小人《小人》ンとしゆ者ハいひ《いゝ》（万）
三字つゝくゞると花の御本ン尊
生酔にかゝわつて居て花も見ず
十五日二ッ下リでもあるくなり
しなれるとたいこ三日にあげずに来《三日にあげすうせ》（万）
よし原ハなでつけて行所てなし
木薬に一トけたとんで木めんなり

安永2義5　うき〳〵とする〳〵
（桜木）
安永2義5　うき〳〵とする〳〵
（桜木）
安永2義5　むかしなりけり〳〵
（桜木）
11篇25
（桜木）
安永2義5　こころ〳〵に〳〵
安永2礼1　のとかなりけり〳〵
（桜木）
安永2礼1　のとかなりけり〳〵
（桜木）
安永2礼1　せわな事かな〳〵
（桜木）
11篇29
（桜木）
安永2礼1　やくそくをする〳〵
安永2礼2　せわな事かな〳〵
（桜木）
安永2礼2　やくそくをする〳〵
（桜木）

みり《ミリ》〳〵といわせて《いわして》かぶろ《禿》つるさがり《下り》（万）
番頭のそうハ穴一チきらひなり
そうし谷神の内てのいしやうもち
百取ルと九十利のある二十けん
白あばたぐらいふるまひ金ンですみ
水向ケをしてはなさせる二十けん
色キじやうのぬけた事《こと》いふとや《どや》のか〳〵
通リものしつけのまゝで壱分かり
長刀をはつして来たと木くすりや《木薬リや》（万）
墨染《すみ染メ》の御身た《だ》ハきうの《ぎうの》過言ン也《過言なり》（万）

11篇29　（柳水）
安永2礼3　せわな事かな〳〵
安永2礼5　せわな事かな〳〵
（桜木）
安永2礼5　のとかなりけり〳〵
（桜木）
安永2礼5　やくそくをすろ〳〵
（桜木）
安永2智2　さたの無イこと〳〵
（桜木）
安永2智4　やほな事かな〳〵
（柳水）
11篇39　（桜木）
安永2智5　ふうの能こと〳〵
安永2信3　きやうさんな事〳〵
（桜木）
11篇31　（桜木）
安永2信3　まかり社すれ〳〵
11篇31　（桜木）
安永2信3　こしらへにけり〳〵

さいめう寺宵のあわめし切リで立チ
市二日人がわるひと夜たかいゝ
きやつくといふと下からおさんよふ
手にけいのあるやつも来る切落し
つぎはしの代り是だと今戸ばし
女房がよめば手紙もつの田川
ハ　手帋　ハ　つのだ川（万）
寝《ね》て《て》はなす所へばつかりむす子行
行キ（万）
させろとのことだんべいとかゝぬ下女
宿引のやうに遣リ手のすみだ川
うるしくさく無ィ道具ハ二度め也

安永2信3　こしらへにけりく（桜木）
安永2信4　こしらへにけりく（柳水）
安永2靏3　ならへ社すれく（柳水）
安永2靏3　おしい事かなく（柳水）
安永2亀1　かくへつな事く（桜木）
11篇31
安永2亀1　かくへつな事く（柳水）
11篇33
安永2亀1　かくへつな事く（初瀬）
安永2亀2　むこひことかなく（柳水）
9篇2
安永3夏　不忍奉納句合
9篇2
安永3夏　不忍奉納句合

十かえりの忝だと牽頭わるつ口
市に寄リいよ〱つみがおもくなり
琴の音も止ンて格子でわるい咳
引はつれはつれて堀の女房也
ふきぬきで《て》堀へこられた義理で《儀理て（万）》なし
凧の糸かへとからぬき五十遣リ
つねやるとあいそつかしな扇也
戸を立テる前三夕の拂もの
はりのなさ奴にも成田をも植
赤みそにこけがういてゝ呑メる也

10篇2　安永4年春　角力会
10篇2　安永4年春　角力会
10篇2　安永4年春　角力会
11篇1　（桜木）
安永5年1月　角力句合
12篇42　（桜木）
安永6・2・15　吉例花角力句合
14篇30　（桜木）
安永八年　亥年角力句合
14篇31　（桜木）
安永八年　亥年角力句合弐会目
14篇31　（山水）
安永八年　亥年角力句合弐会目
14篇32　（山水）
安永八年　亥年角力句合弐会目
14篇34　（桜木）
安永八年　亥年角力句合三会目

長事御たいくつ赤く着かへさせ
14篇36（山水）
安永八年　亥年角力句合四会目

惣名ゥ代としてばゝあそばの札
14篇37（山水）
安永八年　亥年角力句合五会目

松のかげばゝあ壹ふんかき寄る
14篇39（桜木）
安永八年　亥年角力句合六会目

あま茶な銭じやあいかぬ初鰹
初かつほ（万）
14篇42（桜木）
安永8琴2

きるゑ僧で西国武士ハみんな切レ
ミんな切れ（万）
14篇43（桜木）
安永8琴2

ばいしよくの道具としらず住寺植
賣ィ色　しらす　植へ（万）
15篇39（桜木）
安永9春1

たゞ取ッた商ン人か来りや松が取レ
取た　あきんど　とれ（万）
15篇40（桜木）
安永9春1

はれた事内儀へ向ケて廿露梅
庚子前句地取八会句合
（安永9・6）

月のつミん人生年は二十八
庚子前句地取八会句合
（安永9・6）

商ひを守ルに一チ年に二食キ
庚子前句地取八会句合
（安永9・6）

伊賀越へをもろこしかぎり〳〵行キ
一世一代鎌倉で舞ふつらさ
むかし〳〵あつたとさとかなものや
あらたまりました大名女良なり
つらあてハ寝しなに仕事おつ初メ
おつぱ《は》つて縫ふ《ぬふ》が花かご《駕（万）》わきにつき
女のすごさ蟹《かに（万）》の足がありがり
遣ル所で《て》ないは《無ひハ》礼者のかぶり也《なり（万）》
五十づ《つ（万）》らさげて笑ひに出る女
おばゝへこ〳〵の気あるてやかましい

庚子前句地取八会句合
（安永9・6）
16篇41　（若菜）
天明元年　花角力句合
前句地取八会
（天明元年4・12）
19篇ス12
前句地取八会（天明元年4・12）
19篇ス12
前句地取八会（天明元年4・12）
19篇ス12
前句地取八会（天明元年4・12）
17篇1　（桜木）　〈上之部〉
天明2陽1　吉例花角力句合
17篇2　（桜木）　〈中之部〉
天明2陽1　吉例花角力句合
17篇3　（桜木）　〈前之部〉
天明2陽2　吉例花角力句合
20篇26　末摘花4篇18（以呂波）
天明2満2　〔雨譚注による〕

そうせん寺迄かへと猪牙太義そう
ふり通すひがんどうとりあがつたり
持参のない化物ではじまらず
三徳に湯札入レてる安ス隠居
馬づけハ箪笥を二ツ切にする
身をうつ所で二萬石持こたゑ
御ろんぜゑどらめで杖で年始也
梅の花出した公家衆手前遠慮
植ものでいけず釈教うつて行
追ハれたそうと六郷の門でいゝ

18篇40　（山水）
卯正月吉例角力句合
18篇42　（山水）
やない筥1編7
天明3・1・20
やない筥1編8
天明3・1・20
やない筥1編8
天明3・1・20
やない筥1編8
天明3・1・20
やない筥1編12
天明3・2・20
19篇ス1　（桜木）
辰春花角力句合
19篇ス2　（桜木）
辰春花角力句合
19篇ス2　（桜木）
辰春花角力句合

政宗をかいこみ藪医かけ廻リ
ひなのくどきにやばん頭もこまつてる
くつかむりだと唐木屋ハ安くつけ
いかねへけりや今迄遣ッたがむだ
すだれがおりてと若とう駕へいゝ
男たるものゝもとゞり切ル所
地女のたゝりと見世て八卦いゝ
御むほんも夏仕込ミたけもたぬ也
身代ぎり着めい〳〵札出して
縁遠さ庄屋もめんの袖ふらせ

19篇ス3（桜木）
辰春花角力句合
19篇ス3（桜木）
辰春花角力句合
19篇ス4（八重垣）
辰春花角力句合
19篇ス5（八重垣）
辰春花角力句合
19篇ス8（桜木）
辰春花角力句合
19篇ス8（桜木）
辰春花角力句合
19篇ス9（桜木）
辰春花角力句合
19篇ス9（桜木）
辰春花角力句合
19篇ス9（桜木）
辰春花角力句合
19篇ス11（桜木）
辰春花角力句合

店子ところび家主をあげられる

天ちくのがく人てうちんでかくれ

芋賣へ血ぐるミ二両付ヶて遣り

座頭の聲でものまうが有ますよ

させたがるさかり戹から戹の間ヒ

いゝ家督つがず若紫を着る

越後やハ嘸丸角《さぞまるかく》も十本かし

五六枚賣レたが鴨の取リ人《て》なし

鍔ぎハになつて正宗たれられる

腰本に出はぐり豊の字を貰ひ

19篇ス11（桜木）
辰春花角力句合

19篇ス11（桜木）
辰春花角力句合

やない筥2篇4
天明4・1・20

やない筥2篇5
天明4・1・20

やない筥2篇6
天明4・1・20

やない筥2篇6
天明4・閏1・5

やない筥2篇7
天明4・閏1・5

やない筥2篇8
天明4・閏1・5

やない筥2篇9
天明4・閏1・20

やない筥2篇10
天明4・閏1・20

大屋のぶつのを天知ル地主知る
ねふたざましか三分のがひいてゐる
つぎらうでのんでるがそと村見合ヒ
蛍雪の明りで通ふ一盛リ
御免駕内で見られぬ文を見る
迎ひの女房四良兵衛と一トけんくハ
出ろなら持参家ぐるミしよい出す氣
袴つとめが帰るよと堀でいひ
やつとこなの新左衛門で遣リ手たち
田楽斗カハ藝者の名讀んだのミ

やない筥2篇11
天明4・閏1・20
やない筥2篇13
天明4・2・5
やない筥2篇13甲
天明4・2・5
やない筥2篇14甲
天明4・2・20
やない筥2篇15甲
天明4・2・20
やない筥2篇16甲
天明4・2・20
やない筥2篇16甲
天明4・2・20
やない筥2篇13乙
天明4・3・5
やない筥2篇14乙
天明4・3・5
やない筥2篇14乙
天明4・3・5

地内であらうに増上寺の旦那
横着者のこつちやうわたしや初ッ
あなあけすぽゝんの手代付ヶのぼせ
土間で見合ッたハ道具もやつと五荷
四良兵衛ハ伊賀衆と湯の見知ごし
大文字と蚫の目途中でさしかへる
町内賣ハいましめておく所
十匁坪へ松栢《しょうはく》息子うゑ
八重賣をしたと遣手を浅黄にち
鳥ハ宿すに楊枝やハ市二ヶ夜

やない筥2篇15乙
天明4・3・5
やない筥2篇16乙
天明4・3・5
やない筥2篇16乙
天明4・3・20
やない筥2篇16乙
天明4・3・20
やない筥2篇18
天明4・3・20
やない筥2篇18
天明4・4・5
やない筥2篇19
天明4・4・5
やない筥2篇19
天明4・4・5
やない筥2篇20
天明4・4・5
やない筥2篇21
天明4・4・20

人ハ發明関取と喧嘩せず
やない筥２篇23

犬坊へそらつたばけた悔ミ来る
天明４・５・５
やない筥２篇24

棒や半兵衛證人に取にくし
天明４・５・５
やない筥２篇27

下女哥をほんとにはつてしかられる
天明４・５・20
やない筥２篇29

大の虫を殺しだいぶ役が出来
天明４・５・20
やない筥２篇29

道灌が余類ィ織てる夏袴
天明４・５・20
やない筥２篇追５

道成寺でも越後屋ハ数本かし
天明４・６・７　李牛追善之会
やない筥２篇32

金屏風かせともいはぬに二人来
天明４・７・５
やない筥２篇32

煤はき料理まなばしハ火箸也
天明４・７・５
やない筥２篇32

いかに鬼神たしかに聞ヶ福は内
天明４・７・５
やない筥２篇34
天明４・７・20

振袖も男の方ハ高くつき
寝てかへと下戸雑物を持て来る
下駄とやき味噌ほど嶋田違ってる
病家を明て一休にはまってる
聞かじつたか物干ですゞミや也
僧正の緋ハうばわれぬしゝんてん
軒並び《のきならび》(万)梅沢あごをつるしてる
評定《ひやう定》の内ういろう《ういらう》(万)を士卒かい
もそつとにいたしましたと牛房下ヶ
たてつけて品川通ひ荒《かよひあら》(万)りやうし

やない筥2篇34
天明4・7・20
やない筥2篇36
天明4・7・20
やない筥2篇
37 天明4・7・20
やない筥2篇37
天明4・7・20
やない筥2篇40 同日角力会
天明4・7・20

天明4礼1 雨譚註
20篇29 巳ノ春吉例角力会
天明5春1 (桜木)
20篇30
天明5春2 (桜木)
20篇31
天明5春2 (桜木)
20篇31
天明5春2 (桜木)

近所から出る燈心をやたら入レ

今買た三ンとふり袖ふるってる
いまかつたさんと（万）

かわかしがつくてかこいの所かへ

つれかわるいとこられぬとすけんいゝ

大ふ首尾月をも壱句ぎりてすて

手に入つた金をしんぞうつんにがし

そう見ちやあ今夜も京丁かのこる

高利だと思し召なと座頭貸

先キ〱で臼の目切りに下駄の事

かゞさまの前角兵衞もたいこやめ
加賀　太鞁（万）

藐姑柳追5
天明5・7・1　糀町平河天神奉納

20篇33
天明5花1　〈上の部〉花角力会

20篇34
天明5花1　〈上の部〉花角力会

天明5宝3　〈前の部〉花角力会

天明5宝3　〈前の部〉花角力会

天明5高1　〈上の部〉花角力会

天明5高2　〈前の部〉花角力会

やない筥4篇1
天明6・1・5

やない筥4篇1
天明6・1・5

21篇ス1　〈上の部〉
天明6竹1（桜木）午正月古例角力会

誘ひ人がいゝで紅葉をたべました
21篇ス1（桜木）〈上の部〉
天明6竹1午正月吉例角力会

御てさんハ又江戸へかと腰を懸
21篇ス2（桜木）〈上の部〉
天明6竹1午正月吉例角力会

一生ゆかん気《气》だにこう書ィて《言ッて（万）》来た
21篇ス2（桜木）〈中の部〉
天明6竹1午正月吉例角力会

いゝこめたそうで内儀がたゝかれる
21篇ス2（桜木）〈中の部〉
天明6竹2午正月吉例角力会

こしらへ喧嘩ちろりが貮《弐》ッみ《見（万）》へず
21篇ス3（桜木）〈前の部〉
天明6竹2　午正月吉例角力会

おくまが親父はら帯をせず生レ
21篇ス3（桜木）〈前の部〉
天明6竹2　午正月吉例角力会

つらやくでじゆ者も袋《ふくろ》を一ッ《一トツ（万）》入レ
21篇ス6
天明6福1　女柳追福

かけひまの内やうじやのめしかハり《かわり（万）》
21篇ス8
天明6福2　女柳追福

越ッの傘さしたかゆせん五文置キ
東西角力句合
天明6和1

ひやめしか行クとせんだいうごくなり
東西角力句合
天明6和3

やかたを見まいおへるぞさんげく
東西角力句合
天明6和3

暮の百両御ろんじやつてハ出来ぬ
やない筥4篇2
天明6・1・20

御尋も有かと勘三竹之允《ママ》
やない筥4篇3
天明6・1・20

大若衆西を十六枚くれな
やない筥4篇3
天明6・1・20

ゐんまの口に迷子札ぶら下り
やない筥4篇5
天明6・2・5

紙代六文やたら出す暮の文
籠3篇5
天明6・2・18

壱本ン立のもミぢへはつれがなし
籠3篇5
天明6・2・18

しん切に二三膳取ルそばの箸
やない筥4篇6
天明6・2・20

ちんぼこの出たを高位に交せて置キ
籠3篇9
天明6・3・2

若殿の部屋を遣リ手ハ門で聞キ
やない筥4篇6
天明6・3・5

此海道の夜ばたらき駕いかご

具足師のはつめい子供わきへ出し

薬湯に人おどかしの刀掛ケ

ふん込ミも白イ目をぬく道具也

他人のかなしさハ耳供養もなし

片道ハ舟さと遣手江戸へ出る

木にしてる先キ〱あるく時花ル奴ツ

紋がいくつあまつたと手の大きさ

どらか文御持佛の燈で母ハよみ

藪入に出向て噺しさとられる

やない筥4篇7
天明6・3・5
籠3篇9
天明6・3・18
籠3篇10
天明6・3・18
やない筥4篇7
天明6・3・20
やない筥4篇7
天明6・3・20
やない筥4篇8
天明6・3・20
やない筥4篇8
天明6・3・20
籠3篇13
天明6・4・3
やない筥4篇9
天明6・4・5
やない筥4篇9
天明6・4・5

氣のきかぬやつ質店に噺シてる
すミつこで将棊国元忌中也
三芝居からも餞別船へつミ
又忘れていつたなと二ふくひねり
神集リ給ひへのこ有リつかせ
からす瓜垣根の外の命かな
にくひ事しちやねんしも四日から
十かへりの桐くばつてくのどやかさ
御となりハかゝさまかへと高尾きゝ
かり主をこしらへ娘本をかり

やない筥4篇10
天明6・4・20
籠3篇16
天明6・5・3
籠3篇17
天明6・5・3
やない筥4篇22
天明6・8・5納会
やない筥4篇22
天明6・8・5納会
21篇2　序（発句）
天明6末穐（9月）
〈中之部〉
天明7鶯2（八重垣）
天明7豊1　東西角力相評句合
天明7豊2　東西角力相評句合
天明7整2　東西角力相評句合

あら木をもしたゝかふんだ初右衛ェ門

天明7繁2　東西角力相評句合
22篇31

年号もよしのゝ方ハさくらさめ

天明8　申ノ正月吉例花角会〈上の部〉

笠ひもの跡トがと内義久しふり

天明8幸1　東西角力万句合〈前の部〉

ゆびさしをする禿だと京ておじ

天明8幸2　東西角力万句合〈前の部〉

哥かるたうばハ十まひごミで入り

天明8幸2　東西角力万句合

とつくさるも出たとほりの母おこし

天明8麗1　東西角力

本ンのまゝ女房もむやらさするやら

天明8麗1　東西角力

※天明8年4月24日開キのこの句が万句合における木綿最後の句。
同年5月29日に没し、7月28日の角力句合は、「木綿追善」としている。

辞世

雲晴れて誠の空や蝉の声

22篇42
（天明8・5・29）

〈呉陵軒可有史料〉辞世の句（『誹風柳多留』二二篇42丁ウ・天明8年刊）

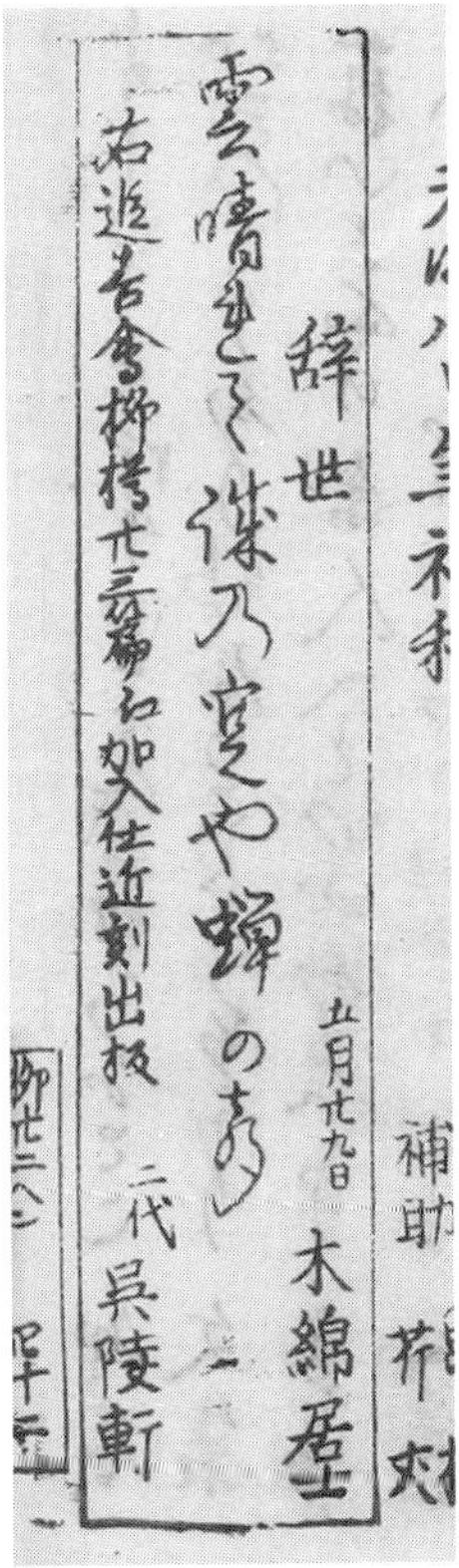

辞世

雲晴れて誠の空や蝉の声

五月廿九日　木綿居士

右追善会柳樽廿三篇江加入仕近刻出板

二代　呉陵軒

初代川柳在世中、追悼会が行われたのは、「李牛追善」（雨譚の息）、「女柳追善」（川柳夫人か）と「木綿居士追善」のみ。このことをしても木綿こと呉陵軒可有が川柳派にとって重要な存在であったかが垣間見られる。

「木綿か句なるべし」

写真は、国立国会図書館蔵の万句合のうち、「雨譚註万句合」とよばれるものの一部である。

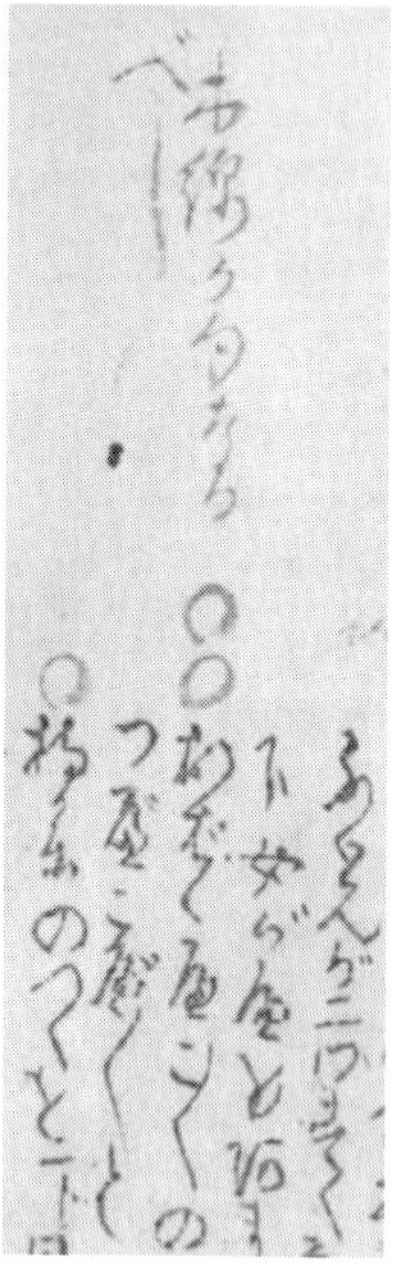

川柳勝板行
（雨譚註万句合）
〔国立国会図書館蔵〕

麻布柳水連の有力作者で初代川柳とも親しく、難解句を点者川柳に直接問うなど、熱心さが見られる。また、雨譚の息子・李牛の早世に際し、川柳自身が追悼句を二句贈っていることでも、その関係が偲ばれる。

雨譚が、「天明二満2」の万句合に書き込んだ様々な記述の中に「木綿が句なるべし」として「おば、へこ〳〵の気あるでやかましい　上野　いろは」と見える。山の手の作者にとって、下谷の「木綿」は気になる存在であったろう。というより、雨譚と木綿は、『やない筥』の角力会の僚友であり、川柳を通じて当然の知己であったろう。史料が、当時の空気を直に感じさせてくれる。

〔玄武洞〕

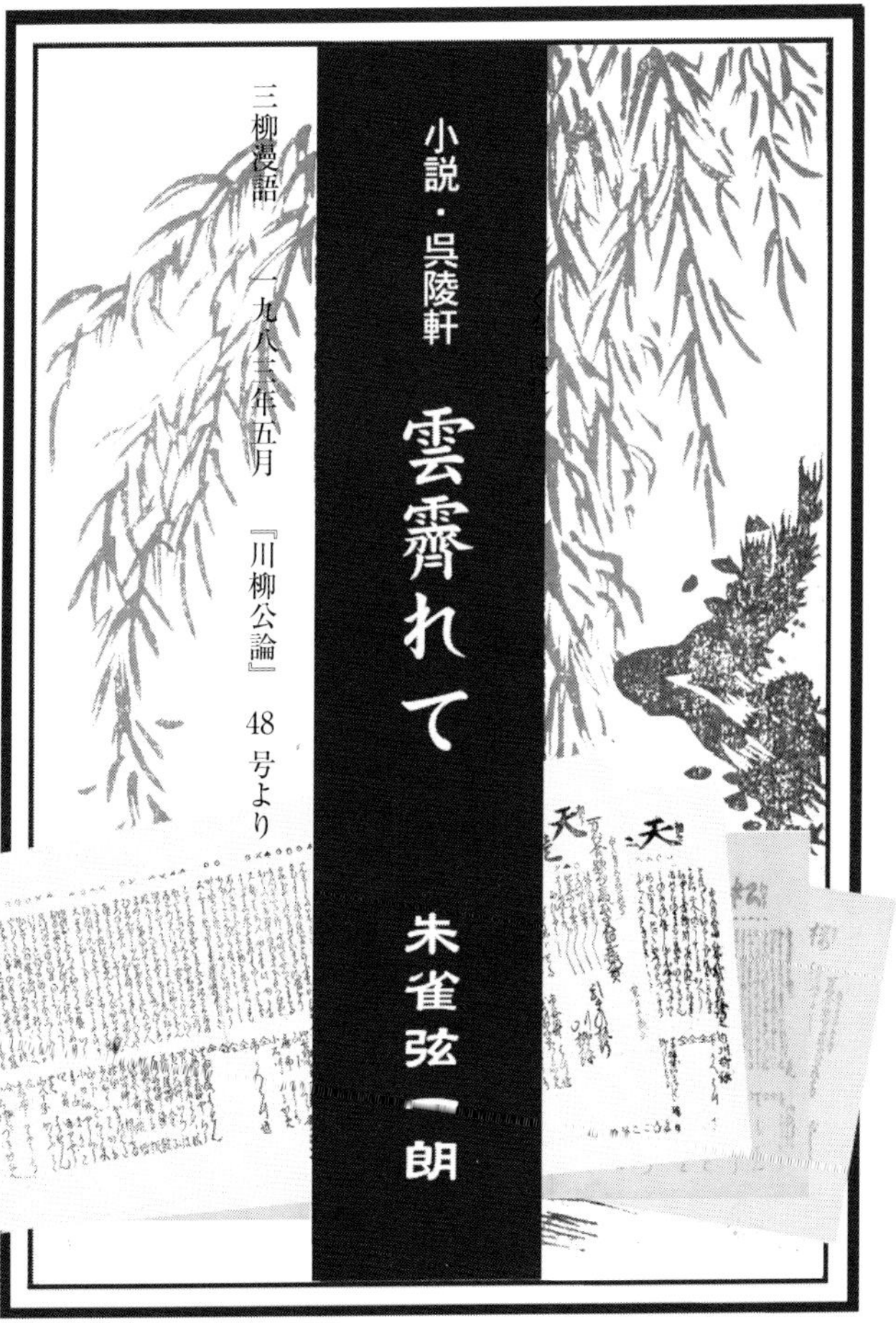

小説・呉陵軒

雲霽れて

朱雀弦一朗

三柳漫語　一九八二年五月『川柳公論』48号より

――

まだ陽の高い川面を、空荷《からに》の百姓舟がゆっくりと漕ぎ上っていく。このあたりの新堀川《しんぼりがわ》は、川幅およそ三間、折からの上げ潮で、水面が光の畝をつくっている。

川ふちから三尺の幅を置いて両岸に木柵を設け、その内側に、乾いた黒土が川を縁どるように盛ってあるのは、常浚いの余土、柵の手前の往還沿いには、ほどよい間隔で糸柳が植え込んである。江戸の下町ではお定まりの風景だ。

この一帯を含めて、新堀端《しんぼりばた》と俗称するようになったのはもちろん新堀川が出来てからだが、あるいは万治年間といい、明暦年間ともいって、地元の古老たちにも、はっきりしたことは判らない。ともあれ、今では浅草新寺町などという町の名は忘れられてしまったらしい。

連衆うちで「新堀の先生」とか「新堀端の翁」と呼んでいる無名庵川柳《むみょうあんせんりゅう》の名主宅を辞した花屋久治郎《はなやきゅうじろう》は、龍宝寺《りゅうほうじ》門前に佇んで、ちょっと思案の貌になった。細縞の和唐桟《わとうざん》に、行儀鮫《ぎょうぎざめ》を染め抜いた憲法色《けんぼういろ》の羽織、小肥りだが、鈍重には見えない。紫の帛紗に包んで抱えているのは、吉例花角力の草稿である。

　同じ新堀川に沿った並びに、同名の龍宝寺（浄土宗）があることから、天台龍宝寺と呼ばれている門前は、南北へ七十二間余、東西へ三十五間余、家数八十五軒ほどの片側町が、西から南へ鉤の手に

『江戸名所図会』より
「新堀端」部分

折り回した小づくりの門前町である。

山門の正面に、幅一間の小橋が架っている。いつの頃からか抹香橋《まっこうばし》と呼ばれているのは、門前町の成立より古く、橋際に抹香を鬻ぐ店があったからだという。

（七軒町《しちけんちょう》へ寄っていこう）

心のうちで独りごちて、久治郎は抹香橋を渡らず、川に沿って半丁ほど下った。

東漸寺門前の薬師橋を渡ると、左側が与力町で、南北に併行した三筋の通りに、大御番・御書院番の組屋舗が並んでいるところから、三筋町の名がある。そのまま突き当たると、御徒方組屋舗、右に道をとると松平次郎屋敷の塀際に辻

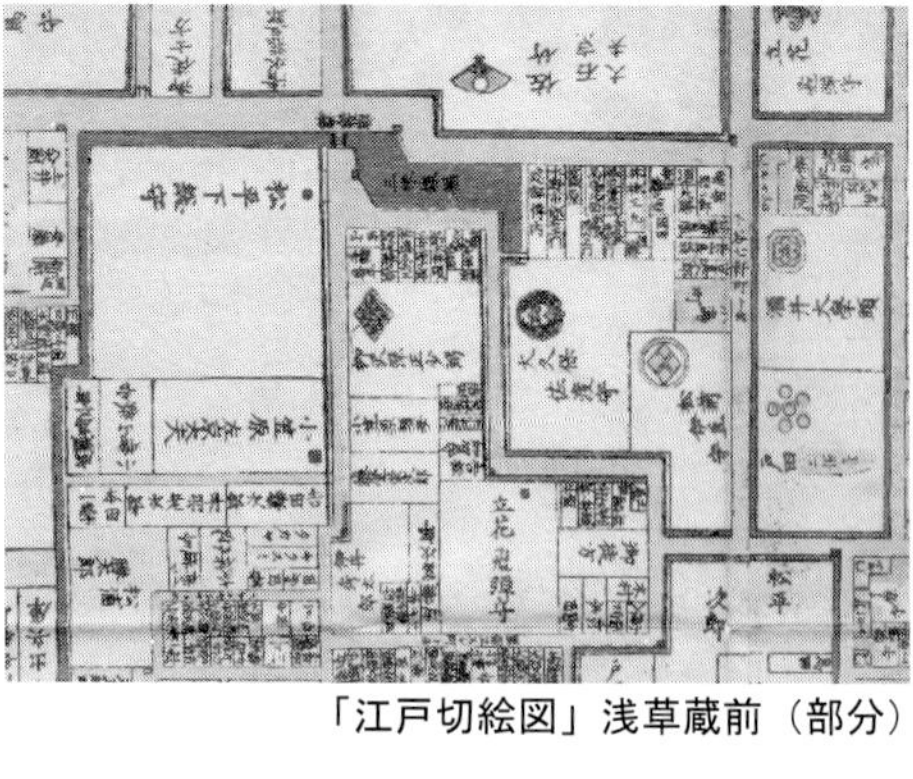

「江戸切絵図」浅草蔵前（部分）

番小屋、その塀添いに右へ折れ、さらに松前伊豆守の中庭敷に添って左へ曲ると、下谷七軒町へ出る。

左側の小島町、右側の華蔵院門前を、ともに下谷七軒町と俗称しているが、この辺りはちょうど浅下の麓、つまり浅草と下谷の境に位置している。

その華蔵院門前、太物の暖簾を掲げた店先をちょっと覗いた久治郎は、しかしそこからは這入らず、店の脇にある目立たない木戸を押した。細い路地の奥に裏庭があり、それに面して隠居所があった。

狭い庭に立って、久治郎は低い声で、障子の内側へ声をかけた。

二

（鬼気迫る）

という久治郎の言い方が、決して誇張でないことを知っているだけに、木綿老人も無言で頷くしかなかった。

着狎れた鉄納戸色の結城紬を心もち寛げ、斜めに俯けた横顔の作とも見える彫りの深さが、去年の大病以来はさすがに翳を濃くしているが、やや中高に通った鼻梁と、自然に結ばれた口許の線に、慈父のやさしさがある。古稀を過ぎた白髪の、とかく乱れがちな毛筋にいつも櫛目を入れている身嗜みのよさは、初めて会ったときから少しも変わっていない。

同じ齢を重ねるなら、こんな老人になりたい、と常のことながら久治郎は思う。

（鬼気迫る）

というのは、川柳に逢ってきた久治郎の偽らざる印象だが、木綿老人の思いに沈んだ横顔を見ながら、言わでものことを言ってしまった悔いが、痛みとなり始めていた。

無名庵川柳は、睛《ひとみ》が異常に大きい。額が寛く、顴骨が隆《たか》く、頤《おとがい》が極度に張っている。また、誰かが「抜頭《ばとう》」に譬えたように、直線的な鼻の下に口を一文字に引き締めると、父を虎に食われた悲しみに頭髪が脱け落ちたと

いう伎楽の面に、よく似ている。

これだけに限れば、柔和な風貌とは決していえない川柳が、むしろ温顔の翁として周囲から敬慕されてきたのは、稀に見る豊かな耳朶と、よく烱《ひか》る双眸を閉じ込めたまま微笑を絶やすことのない切長な目許にあったといえよう。

その見馴れた目許から、拭い去るように微笑が消えてしまったのは、一昨年のあの日からである。正しくは、天明六年二月十七日、川柳はこの日、二度目の妻於福を失った。

前の月に三回忌が行われたばかりだが、その日の川柳は、人間の顔というものが僅かの間にこれほど変わるものかと人々を愕ろかせた。もともと造りの大きい目鼻が、無慙なまでに肉が削げ落ちたあとに暗い洞穴を作っているのを、参席者のすべては息詰まる思いで視つめ、すぐに眼を逸らした。

「先生、わたしも瘁《つか》れた」

その席で川柳が、海の底を覗き込むような暗い頬笑みを向けて、そう言った時、木綿老人は、川柳がもはや気力の根まで失ってしまっているのを直感した。

「なにを気弱な。翁はわたしより四つもお若いのですぞ」

ややもすると、相手の暗さに引き込まれそうになる自分をも励ますように、つい声が高くなった。

川柳は、木綿を先生と呼び、木綿は、川柳を翁と呼ぶ。

現在、前句附判者の頂点に立つ川柳に、はじめ宗匠立机を慫慂し、その後の一派確立に惜しみない援助を与えた木綿は、川柳にとって、いわばこの道の先達に当たるが、彼自身は終始、川柳の評を乞う作者の位置に徹した。両者は、そういう関係で、三十年間を倶に歩んできたのである。

「この頃は、物事が頭に入らない。昨日のことが往昔のように思える」

川柳は、点業に倦んだのではないか。壮年期からこの道の第一人者として、二百万とも三百万ともいわれる寄句を閲してきた心の張りが一度に弛緩してしまって、ここ一両年は、いわば行掛りだけが朱筆を支えているのではなかろうか――といった囁きも木綿老人は一再ならず耳にしている。

もちろん理由は於福の死にあると、誰もが口を揃える。

前句附判者になる二年前、三十八歳で名主職を嗣いだ川柳には、まだ嗣子がなかった。病弱のうえに石女《うまずめ》だった先妻を離別、於福《おふく》を迎えたのは立机の翌年で、一年後には長男が生れた。四十二歳の時である。次男は生後すぐに死んだが、五十九歳にいたって三男を儲けたのは、於福が若く、健康だったからで、年齢的には娘のような二度日の妻を、川柳はこよなく慈しんだ。

於福の実家は、下谷の薬種商。当主の兄は、この道で知られた花洛庵《からくあん》一《ひと》口《くち》、弟は十代だが、やはり前句附を嗜んで清江といった。こうした環境に育った於福が、十一、二歳の頃、見よう見まねで前句を作っては周囲の大人たちを駭かせたことは、よく知られている。十八歳で一度嫁したが、半年ほどで不縁になった。男まさりの生得がわざわいしたという評判がもっぱらで、於福は悲しみも悪びれもしなかった。

破鏡ののち、兄の許に身を寄せていたこの才女を、川柳に橋渡ししたのは木綿だったが、於福の婦功と才藻が同時に花ひらいたのは、まさにこの時からである。

もともと名主の片仕事として立机した当座は、川柳自身さほどの寄句《よりく》を期待したわけではない。だから、十日ごとの開キ《ひらき》に、一万、二万という求《きゅう》評句《ひょう》を捌かなければならなくなった時から、判者川柳と名主八右衛門の両立が、当然あやぶまれた。ところが、川柳は鮮やかな離れ業を見せた。世上では超人とも評したが、その〈超〉の部分に才女於福の真摯な協力があったことを窺知する人は多くない。於福は、川柳の点業を援けたというにとどまらず、川柳の老齢化と体力の衰えをカバーするかたちで、年毎にその比重を加えていった。川柳風の一部では公然の秘密となっていたが、かれらはむしろ、於福の力を認めて「女柳《めやなぎ》」と呼んだ。

だが、この献身は、肉体的にも限界を超えるものだったらしい。健康であったはずの於福が、五十そこそこで川柳に先立ったのは、夫の名声と引換えに命を燃やし尽したということだろう。

川柳は、妻であり、子の母であり、信頼すべき協力者を同時に失ったのである。

（しかし、理由はそれだけではあるまい）
眼を覆いたくなるような川柳の憔悴には、もう一つ別の理由がある、と木綿は思うのだった。

三

「川叟《せんそう》は、柳水連に肩入れしすぎるんではないか」
そんな声が聞かれるようになったのは、天明三年七月七日、麻布柳水連の総帥雨譚《うたん》の子李牛《りぎゅう》が亡くなった時からだから、五年前のことである。
その折、寡黙で知られた川柳が、手厚い悼文に添えて、
世におしむ雲かくれにし七日月
の一句を霊前に捧げた。
これだけでも稀有のこととして、ひとびとを驚駭《おどろ》かせたが、さらに翌年、一周忌に際しても、「李牛子の一めぐりに」として、次の句を献じている。
今ごろハ弘誓《ぐぜい》の舟の涼かな

百に余る他の組連を惘然《ぼうぜん》とさせたのは、この二句が、川柳がそれまでに吐いた「すべて」であるということだ。

川柳と雨譚、川柳と柳水達が、いかに特別な関係にあるかを、あまりにも露骨に示したこの事件が、川柳風を覆う黒い雲となって、しだいに人々の額を暗くさせ、無口にさせていることに、木綿老人は胸を痛めていた。

というのは、木綿自身にも、

（あれは、まずかった……）

臍を噛む思いと、罪の半分は自分にあるという自責があった。

『柳多留』二十篇の開板に前後して旅中にあった木綿が、その序を雨譚に依頼したことである。木綿にとっては、他意のない旧知への心安だてであったが、明和二年の初篇以来二十年間、ただの一度も余人に任せたことのない序を、こともあろうに雨譚に委ねたことから、

（呉陵軒の翁までが……）

と、ひとびとを歯噛みさせた。

「この道のなかだち」である木綿としては、軽率とも粗忽とも言われて

仕方のない失態だったといえる。

しかも、木綿が育て上げた桜木連は、川柳の膝元にあって直参を自認し、川柳風発足以来の盟主をもって任じてきただけに、柳水連に対する反感をむき出しにした。

前句附に限らず、その頃の江戸で宗匠を称する雑俳点者の中には、いかがわしい風評の者もあり、求評者同士、組連間に利害の絡んだいざこざと離合集散が絶えなかった。ところが、川柳風内部には三十年来、そうした不透明な揉めごとは起こっていない。川柳評が、公正であったからだ。

宝暦七年、無名庵川柳が前句附点者として名宣りをあげて以来、ひたすら隆盛の途を歩み、万句合の世界に君臨し得たのも、ひとつには名主という職掌と、川柳自身の峻厳な人柄への信頼感が、判者と作者との強い紐帯になっていたからで、川柳風にあって両者の関係は、いわば一枚岩だった。

この一枚岩に、少しずつひび割れが生じ始めたことを、木綿老人が感じ始めたのは、それとなく耳に入ってくる周囲の声からであった。言葉には出さなくても、それが山の手の武家階級、ことには当代の一流人士である大田南畝や朱楽菅江を盟友とする柳水連の優越に向けられた「町方作者」達の鬱屈した反感であり、その粘液質な底流をなしているのが、判者への蔚然たる疑惑であることは、手に取るようにわかった。

その容赦のない現われが、寄句の著しい減少である。一回の開キに一万を超えること七十余度、二万を超えること三度、一年間に十三万六千六百十五員（明和四年）を集めた二十年前は、ただの夢だったというのだろうか。一昨年（天明六年）が年間で三万四千、それでも一回平均二千台だったが、昨年にいたっては一回の最高が二千、年間では遂に一万八千に落ち込んだ。

（何とかしなければ……）

川柳に気力を失わせ、瘁れと憔悴を深めさせている理由のひとつが、川柳風を覆った暗鬼の雲であることを知っている木綿老人は、絶えず追い詰められる思いで、そればかりを心中に繰り返していた。

このままでは、川柳も川柳風も、早晩だめになる。

四

「治郎《じろ》さん、序文は彫り直さなくていいよ。このままでいこう」

木綿老人は、机上の清刷りを手に執った。昨年の七月に刊行するはずだった『誹風柳多留』二十二篇の序である。

去年、この序を書いた時は、遺言のつもりだった。川柳風内部の確執や疑心暗鬼に対し、「此道のなかだち」として「好士考士のむつまじき事」を最後の願いにしたいと思った。だが、結局二十二篇は出なかった。三篇以降、毎年一冊の刊行をきちんと続けてきた柳多留は、二十年ぶりに休刊した。その間、木綿老人は生死の境を彷い、江戸中に吹き荒れた打壊し騒動も知らなかった。

これが最後と思って書いた文字を、一年後の現在、こうして見ているのも不思議な思いがするが、気持は今も変っていない。

「治郎さんには、とんだ損をさせてしまった」

新版を出せなかったことは、花屋にとっても痛いことには違いないが、木綿老人にそういわれると、久治郎は自分の胸のほうが疼くのである。

木綿老人は、四十も半ばを過ぎて、額の禿げ上がった久治郎を、いまだに「治郎さん」と呼ぶ。

星運堂の二代目を継いだ久治郎が、はじめて下谷七軒町を訪ねたのは、もう十数年も前になる。久治郎は三十を越えたばかり、木綿は五十代だったが、すでに「翁」と呼ばれていた。

それ以前、神田お玉ケ池の一陽井素外の許で、江戸檀林の俳諧を学んでいた久治郎が、前句附に手を染めたのは、前句附そのものに興味を感じたというより、木綿の博識と人柄に傾倒したからで、初対面の場で一門に加わった。号の「萱裏」は、下谷五条天神裏参道前の住居を利かせたものである。先代の久治郎はまだ健在だが、萱裏の久治郎には、木綿老人が実の父のように思われた。

「ところで……」

久治郎は、膝を進めるようにして、話題を変えた。

「玉章子《たまづさ》が、今年も花の莚を設けるそうですが、先生も気晴らしにいかがかと……」

「ほう……」

木綿老人は、遠くを見る眼差を宙に据えて、

「戸外へ出ないでいると、浮世のことに疎くなってね。御山内の花もそろそろだね」

「この中頃が見頃だということです」

「もう一度、花にめぐり逢えるとは、正直のところ治郎さん、思ってもみなかったよ」

去年の花時から秋口にかけて、死と直接向い合っていたことに想いを馳せているのであろう、木綿老人の声には、深い感慨が籠められていた。

同じ年の九月末、まだ病褥にある木綿を見舞った時、淋しい笑みを浮べた老人が、

「治郎さん、今度ばかりはわたしも、垣根の外らしいよ」

と呟いた言葉が、耳の底に残っている。

木綿老人の視線を追って、隠居所の前の小さな庭に眼をやった久治郎は、そこに炎のような実をつけている烏瓜を見た。烏瓜の蔓は、隣家の庭とを

仕切る竹垣に絡んで、幾つかの実は、向う側に垂れている。同じ蔓に生りながら、垣の内外に境を隔てた赤い実を視つめながら、久治郎は、はたと思い当たった。

からす瓜垣根の外の命かな　　呉陵軒

『柳多留』二十一篇の巻頭に、安永の初め頃まで活躍していた若手の物故者二十人の名を掲げて、木綿老人が添えた追悼句である。二十一篇は天明六年九月の板行だから、木綿老人が詠んだのは、ちょうど一年前の同じ風景であったろう。こんどは自分を「垣根の外」に置こうとしている木綿老人の気弱を、思わず叱呵したが、前後を忘れていたので、その言葉までは憶えていない。

「折角だから、招ばれようかね」

木綿老人の眼が久治郎に戻った。

手元にある万句合抜書きの草稿も、それまでには整理が終るし、病後他出らしい他出をしていない木綿老人にとって、二年ぶりの花見は、玉章のいう通り頃合の気晴らしになろう。何となく華やいで見える木綿老人の表情を、久治郎は、涙ぐむ思いで視つめていた。

五

桜は、今が盛りだった。

花に浮かれた老若が、十六万九千坪を超える山内に溢れ―と書けば、お定まりの花見風景だが、去年までといささか雰囲気が変っているのは、それら群衆を尻目にかけて絢爛たる定紋入りの大幔幕や、鋲打ちの駕籠を並べての華やかな絃歌が、ことしは影を潜めていることである。

「こうなると、倹約令もありがたい」

上野山下で町飛脚を生業とする玉章が、若い者を指図してしつらえた花の席に、思い思いの座を占めた十余人の前句作者たちは、盃を傾けながら、そろそろ口が軽くなっていた。ほどよい桜樹に幕を張り、四隅に「江戸　川柳連」と記した短冊を風に靡かせている。

清水堂に近く、山中でも絶佳とされるこの辺りは、例年なら鋲打ちの常

席であった。こんな場所が取れたのも倹約令の余恵だと、亭主役の玉章が皮肉っぽく言ったのへ、

「『幕を打つうち清水へ御参詣』——というのがありましたな」

と、古い万句合から記憶を引き出してきたのは、カタルである。

「白河侯の眼がひときわ光り出したようで——」

座中では一番若い如雀が、故意《わざ》とらしく首を竦める。

昨年七月、松平定信が老中になると、八月には直ちに倹約令が出された。これの評判が悪かったことは、同時に巷に溢れた落首の夥

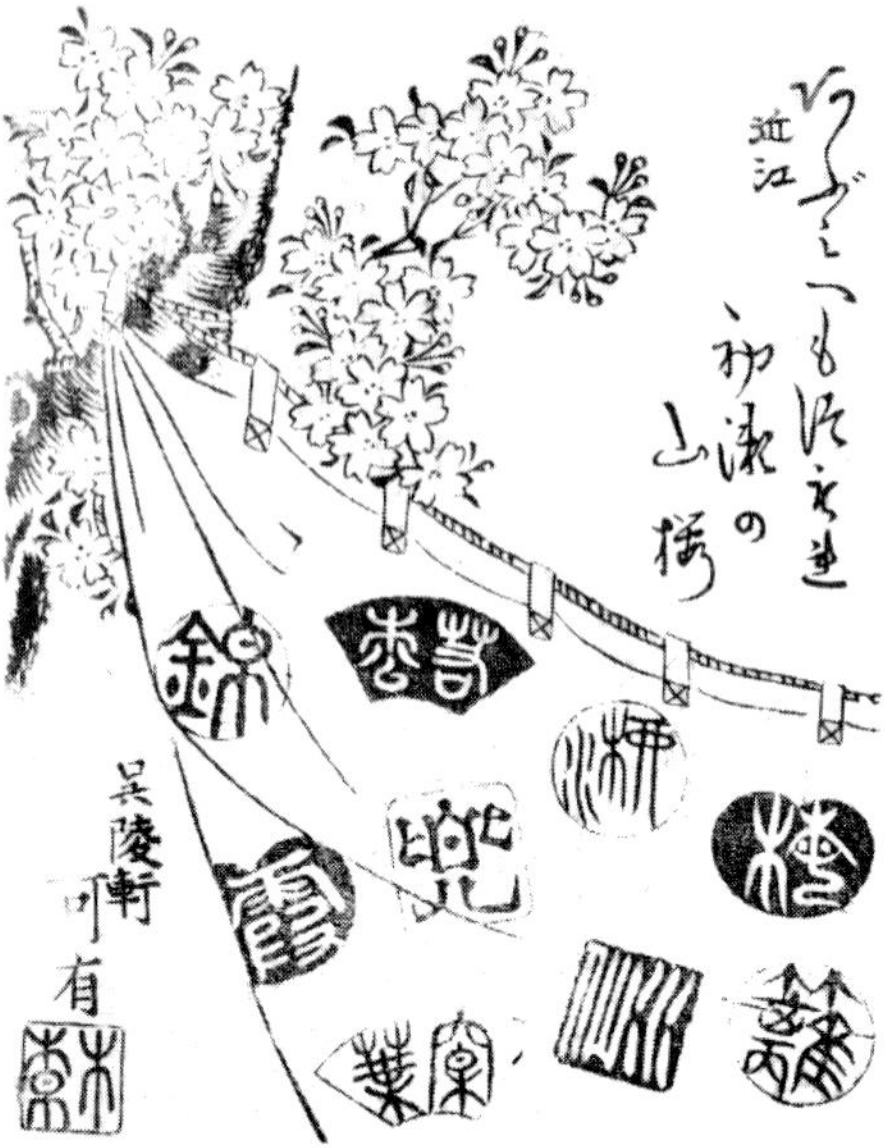

『誹風柳多留』5篇口絵より

しさでも知られるが、その白河楽翁が将軍輔佐役になったのは、つい十日ほど前のことだ。

「もの言えば唇さむし、ということになりますぞ」

旗本の隠居である五楽が言ったのは、やがて一枚絵や好色本などの板行取締りが厳しくなり、前句附の類へも多かれ少かれ影響が及ぶであろうことを予知していたのであろう。

「ま、こうしていられるうちが、花というものです」

木綿老人と席を並べた雨譚が、璃寛茶《りかんちゃ》の被布《ひふ》に落花を享けながら、にこやかに言った。

「どうも、この顔触れでは、『幕の内花をあざむく顔ばかり』とはいきませんがね」

呵々大笑したのは、狐声である。

一同は、四十に二つ三つ間のある如雀を除くと、いずれも不惑を越えている。洗路、カタル、横好、嘉楽、それに狐声と玉章が四十代、五楽が五十代、雨譚、石斧の両人が六十代、最年長の木綿と一口が七十代であった。

花の山幕のふくれる度に散り　〔柳多留七篇〕

という風景である。

木綿老人は、終始柔和な表情を崩さず、一座のやりとりを聞いていた。酒は、最初の盃に、形ばかり口をつけただけだった。

老人の眼は、さりげなく玉章に注がれている。

(これは、大した男だ)

と思う。

玉章が、下谷・浅草の連衆に加えて、雨譚、五楽、石斧という山の手の三人を花の莚に招いた真意を、それとなく木綿は察していた。そんな顔色はいささかも見せないが、玉章の肝煎である今日の催しが、ただの思いつきでなさそうなことは、同じ長老格の一口もうすうす感じているらしく、老人ふたりは胸の内でひそかに頷き合った。

いつのまにか話題は、正月の吉例角力のことになっていた。この句合で、玉章の働きが目覚しかったことを、一座は口々に賞め讃えている。

（前句もどうやら、玉章や狐声の時代になったようだ）

正月句合の勝句は、玉章の五句を筆頭に、この莚に同席している嘉楽か四、狐声が三、カタルが二と、いずれも四十代、脂の乗り盛りだ。

雨譚は出句を見合わせたらしいが、木綿老人は辛うじて一句が通っただけだった。「開キごとに上名護屋をはずさず」と、雨譚をはじめ他の作者たちから憎まれるばかり縦横の働きをしたのも、思えば三十年以上の昔、ということは、木綿もまた四十代であった。

玉章の多作ぶりは、夙に知られている。句合の投句には制限がない。ただし、一句について定まった入花が必要だから、投句が多ければ、それだけ費用もかかる。早い話が百句を投じるには、一分二朱という投句料を用意しなければならない。従って、多作は才能だけがあればよいというものではない。家業の鬼と時に蔭口される玉章であって、はじめて前句の鬼にもなり得る道理である。

息子のような年齢の玉章や如雀が、張りのある会話に興じているのを聞いていると、自分の気力や体力が、もはや手の届かないところへ行ってしまったことを、改めて思い知らされる。木綿は、ふと、川柳を思った。

酒や肴の追加は、玉章の店から次々に届けられる。

「旧い句に、『花見から昼飯に来る下谷筋』というのがあったが、これは逆縁ですな」

誰かが言った。旧い句――いかさま、そうに違いはない。この句は、まだ柳多留が出る以前の、宝暦末ごろだったろうか、句主が木綿であることを知っている者は一座にも居るまい、老人は胸中に苦笑しながら、だが口には出さず、徐《おもむろ》に立ち上がった。

六

（これが、最後の花になるだろう）

下馬札の近くで、木綿はもう一度、山内を振り返った。黒門を出ると、むかし仁王門があった辺りまでは、両側の石垣が突袖《つきそで》をしたように張出していて、袴腰の土畳には松が植え込んである。左手の石垣に添って折れれば五条天神の門前で、上野山下のまっただなかに出る。

肩が触れ合うような往還の雑踏に取り籠められて、木綿老人の足許はあやうげであった。

一座の人々に詫びて中座してきたのは、病後半年を経ているとはいえ、久しぶりの他出が花の山とあって、心気の異常な昂ぶりに不安を覚えたことと、もう一つは、玉章がひそかに意図している作者間の和合の席に、なまじ自分が長座することの気詰まりを慮ったためでもある。

五条天神の裏参道、やや斜めに鳥居を臨む向かい側に、花屋久治郎の星運堂がある。下谷二丁目、俗に竹町と呼んでいる。

先々代の市兵衛は葛西辺から出て、東叡山の参詣客を相手に供花を鬻いでいた。その花屋を屋号にして、書肆に転じたのは先代久治郎で、宝暦の中頃であった。

扱う書物は、江戸座の俳書と一陽井素外の著書が多いが、「誹風柳多留」の大当たりが花屋の名を一時に高め、今では〈花屋の柳多留〉が通り名になっている。

木綿老人は、花屋の店先を覗いた。

柳多留に劣らぬ人気で続刊されている江戸座系の「俳諧觽《けい》」、また薄葉刷りの洒脱な懐中本で、最近とみに好評の手引書「俳諧季寄　持扇」などのほか、ざっと一瞥しただけで、梅翁発句集、古今七夕発句集、手毎花、五色梅、江戸川、俳諧句艸紙、桑林、俳諧菅茅野、百千鳥、桜合廿二哥仙、四季発句帳、年代麓之杖、猿菟玖波集、家雅見種、古来庵句集、一枝筌、俳諧萱薦、花鳥合、俳諧百囀集……山のような俳諧書と、山東遊覧志、近在所名集、繁栄往来などの名所案内に混じって、縹《はなだ》色に紫の帯を掛けた誹風柳多留の旧本が少しばかり並んでいる。去年は、新版が出なかったからだ。が、ことし七月ともなれば、いま彫りにかかっている二十二篇が、華やかに積み上げられるだろう。

木綿は、その情景を瞼に描いた。自然と唇がほころびる。

「先生――」

愕《びっく》りした声をあげて、奥から久治郎の赭顔が出てきた。

「気がつきませんで。ま、渋茶など――」

こんなに早く木綿が引き揚げてくるとは思いもしなかったのだろう、

久治郎は手を取らんばかりにした。

「いや、永くなるといけない。今日はこのまま帰るよ」

首を振りながら、老人はもう歩き出していたが、ふっと立ち停って、久治郎を見返った。

「いい花だったよ。七十何年も生きてきたが、こんな花は見たことがなかった。思い残すことはない」

去って行く老人の後姿をいつまでも見送る久治郎の胸を風が吹き抜けるように、ひとつの言葉が過っていった。

一期一会――。


木綿が倒れたのは、その月の末であった。頭の中にある血の管が切れたということだった。

(花見になどお誘いするのではなかった)

この悔恨を、自分は一生背負い続けていくことになるだろう――視界を鎖《とざ》した闇の中で、久治郎は、そう思った。

七

さみたれのつれ〳〵にあそこの隅こゝの棚より
ふるとしの前句附のすりものをさかし出し机の
うへに詠める折ふし書肆何某来りて……

柳多留初篇の序を書いた二十三年前が、つい昨日のように思える。

あの日、いまの花屋久治郎の父、先代花久が訪ねてきたときも、きょうのような五月雨の最中だった。

星運堂蔵板の彫りを請負っている桜木庵は同じ山下にあって、かねてから前句附の取次所を兼ねていたが、新堀端の無名庵川柳という点者が前句附の万句興行を始めてから俄に出入りが激しくなり、年間の寄句が桜木だけで千、江戸中の取次を合わせると数万を越すと聞いたとき、先代の久治郎は、

（これだ!!）

と、膝を打った。

「誹風柳多留」は、同じ年の七月に上梓された。

この柳多留が、川柳風二十年の隆盛を支え、点者川柳を前句界に君臨させてきた。もちろん、花屋も潤った。

だが、ひとつの時代が、いま終ろうとしている。

（これで……）

床の中で瞼を閉じたままの木綿に、過去のあれこれが、秩序もなく去来した。

（これで……わたしと、新堀の翁が居なくなれば、時代は否応なく変わるだろう……）

老人の眼裏に、精悍そのもののような玉章の風貌が、泛《うか》んだ。

（桃井庵和笛は健在だし、麹町の窓梅もいるから、後の心配はない。しかし……）

うつらうつらと雨の音を聞いているとき、玉章がカタルを伴って来た。

両人は、見舞だけが目的ではなかった。口が殆どきけない病床の老人に、玉章はゆっくりと、しかし手短に、桜木―柳水間の痼が解けたことを報告した。

たった今まで木綿の頭を覆っていた黒雲が、それだったことを、両人はもちろん知らない。だが、眼を閉じたまま表情を失った老人の瞼の端から、それだけが異様に生々しく、瘠せた頬をゆっくり濡らしていくものを見た。

「……………」

老人の口が動いた。何か言ったようだったが、初めは聴き取れなかった。

「う、お、あ……あ、え、あ、あ……」

上下する咽喉から押し出される母音だけの言葉を、両人は懸命に聴き分けようと、老人の唇を凝視した。

やがて、それが、

「くもは、はれたか（雲は、晴れたか）」

であることを、玉章もカタルも知った。

両人は、後刻、雨譚が見舞うことを告げて帰った。

灯が入ってから、雨譚が訪れた。

小山玄良、六十五歳。麻布に住む鍼医師である。

端座した雨譚は、小柄だが物腰は重厚、眼光が鋭い。

「う、お、あ、え、え……」

突然、病人が声を発した。

「何ですと──」

雨譚は颯と座を進め、木綿老人の口許に耳を寄せたが、その時、病人の呼吸が異常に弱いのを感じた。

「う、お、あ、え、え……」

「雲晴れて──ですな？」

木綿老人が、微かに頷く。

「あ、お、お、お、あ、あ……」

「いま一度……」

「ま、お、お、お、あ、あ……」

「誠の空や……誠の空や──で、よろしいな」

病人が、ふたたび頷く。

「せ、み、お、お、え……」

「蝉の──蝉の声、と申されたな。承った」

雲晴れて誠の空や蝉の声

これが、呉陵軒こと木綿の辞世である。

五月雨が上がった五月二十九日、木綿は眠るように息を引き取った。

七月、柳多留二十二篇が花屋の店に積み上げられた。だが、最後まで川柳風の「仲むつまじき事」を希った自らの序文を、木綿が自分の眼で見ることはなかった。

〔完〕

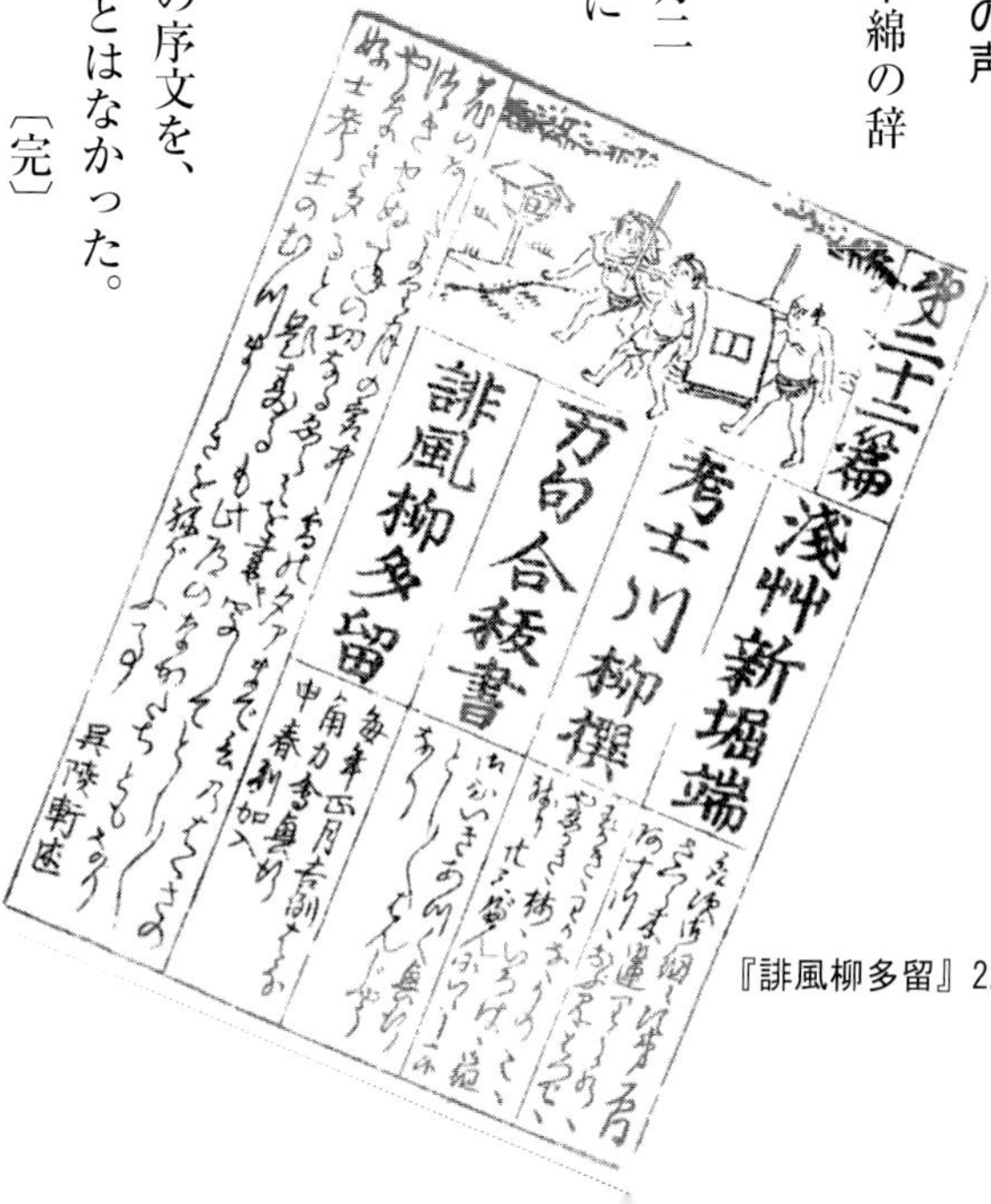

『誹風柳多留』22篇扉

《呉陵軒の号の由来》

呉陵軒は、初代川柳が住む浅草新堀端と版元花屋久治郎の店がある下谷竹町をつなぐ浅草と下谷の境（「浅下の麓」とか「浅下の境」などと記す）に接した下谷に住んで、盛名を馳せた前句作者でもあった。

柳多留二十篇の序に雨譚が「昔々三十年も昔より開キ毎に上名古屋をはづさず、おのづから名にしおいたる翁あり。連中いかってこごとをいへば、ごりやうけん〳〵とわびて笑ふ、云々」と、その達吟ぶりと号の来歴を記している。柳水連の総帥で山の手作者群のリーダーでもあった雨譚をしてこの言葉を吐かせているのをみても、呉陵軒の名がいかに喧伝されていたかが察せられる。おそらく初代川柳が立机する以前からのことだったろう。

作者としての呉陵軒は、上野山下の取次、薩秀堂・桜木を本拠に木綿と称し、この「木綿」という号についても、開キのたびに、高番の景物である木綿を独り占めしてしまうことから、羨望をこめた渾名となり、それが号になってしまったのだと燕斎叶が記している。

《呉陵軒可有の印》

呉陵軒可有は、『誹風柳多留』の編者として序文を寄せ、木綿の号で作品を残し、天明8年に亡くなった没日が記録されているが、人となりを知ろうとする時、本名も職業も、また年齢も不詳である。

わずかに手がかりとなるのが、呉陵軒可有の手になる『誹風柳多留』の序文の記述と、そこに捺された印影、そのほか幾人かの彼の知己によって後の『誹風柳多留』序文等に語られた姿のみである。

ここでは、『誹風柳多留』序文の印影を原本から原寸大で採録し、呉陵軒可有を思い偲ぶ縁とする。

「柳頓?」

「水禽舎木棉」

柳多留初篇序

蒲鉾型の朱印と十二支の干支を丸く周囲に配した角印。かつて中の文字を上下に読み「川柳」の印と間違えられたが、上の字は「川」でなく「水」である。㊤㊨㊧で「水禽舎」、㊥㊦で「木棉（綿）」と読む。

「水禽舎」

「縁江之印」

「木綿」

「可有」

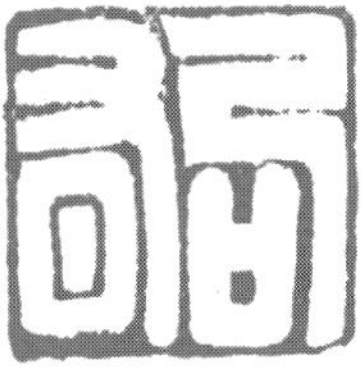

柳多留十一篇序
二果一組の角印。上は、朱印で「水禽」、白印で「舎」の文字。下は、白印のみで「縁江之印」。本来、別々の印を組印とし用いたようである。

柳多留四篇序
蒲鉾型の朱印は「木綿」の号（作者名）であり、下の白印の「可有」は、主に著述に用いられた。これも、組印のように用いられている。

「水禽舎／木綿」、「水禽舎／縁江」、「木綿／可有」という三つの「組印」から、〈水禽舎（堂号）〉＝〈縁江〉＝〈木綿〉＝〈可有〉という号の関連性が成立する。また、「呉陵軒可有」という署名があり〈呉陵軒〉ももう一つの「堂号」とみなすことができよう。
興味深いのは、『誹風柳多留』十一篇の「縁江之印」が、『江戸繁栄往来』という往来物の書籍に捺されていることである。ほぼ『誹風柳多留』と同時期で、この著者〈呉陵軒〉が『誹風柳多留』の編者と同一人物であることをしめすものだが、『繁栄往来』の内容は、江戸の歳時を克明に記した書物で、呉陵軒可有の江戸通ぶりを垣間見せてくれる。

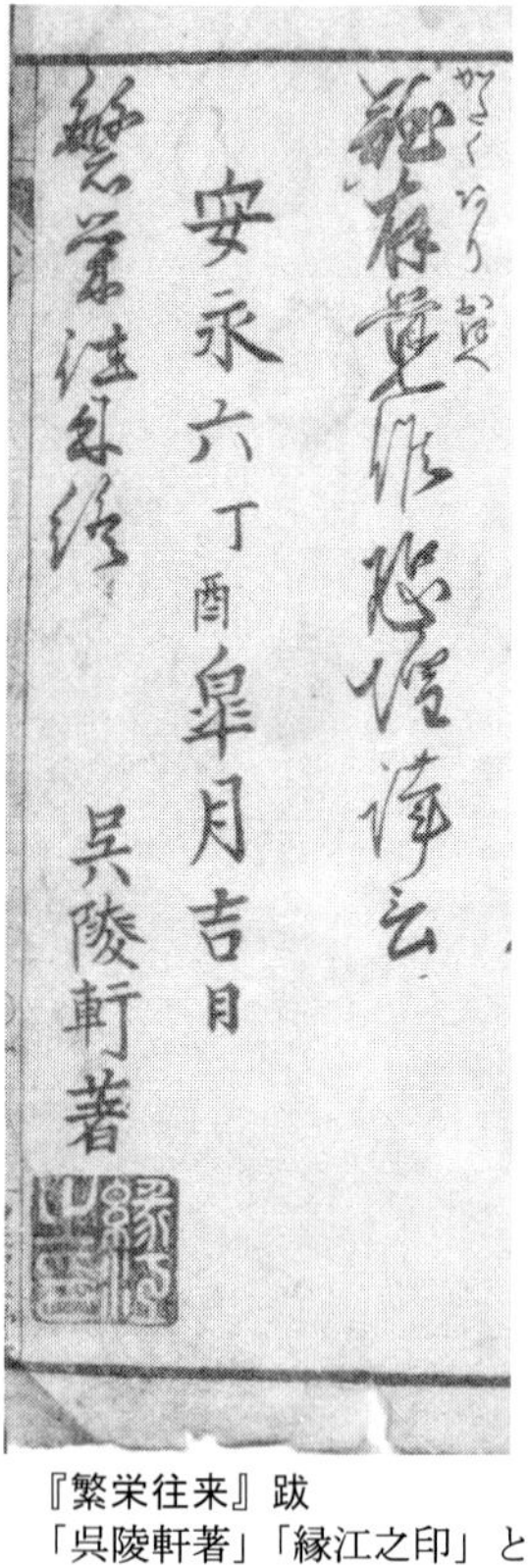

『繁栄往来』跋
「呉陵軒著」「縁江之印」と柳多留と同じ落款がみえる。

そのほか、『誹風柳多留』の序文に現れる印は、「木綿」の号のみを刻ったもので、書き印と思しきものも含めて、9種を次ページに示す。

誹風柳多留の木綿印譜

木綿

7篇

木

木綿

8篇

綿

6篇

木綿

5篇

木綿

10篇

木綿

9篇

木綿

18篇

下谷

木綿

21篇

木綿

19篇跋

木綿

19篇序

《新人作者の指導・養成》

下谷桜木連の総師で、取次の桜木庵（上野山下・薩秀堂＝板木師）の主人・桜木をはじめ、川柳派初期の手取り作者・緑枝、タロク（陀陸）のほか、井賀、巴江、芦夕、豆亀などの門下を抱え、また花屋二代目の菅裏も終始呉陵軒に師事した。

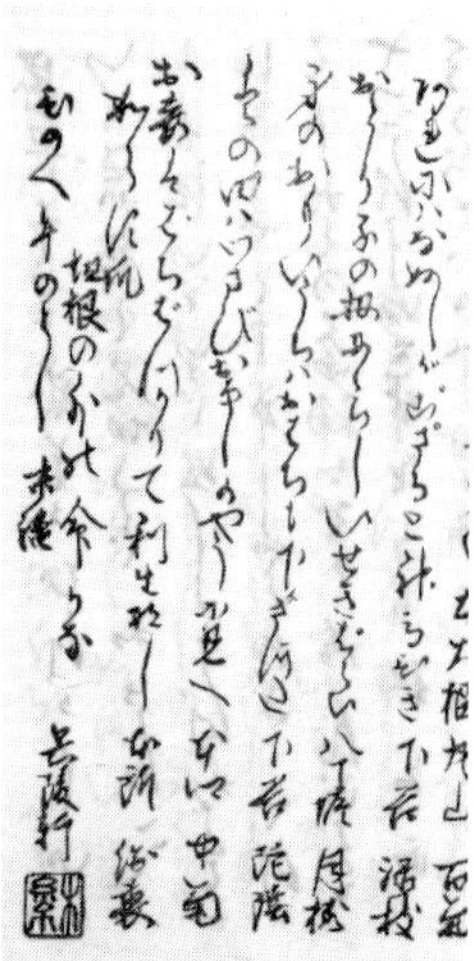

『誹風柳多留』二一篇序（部分）
回向の為の亡くなった作者の句と「からす瓜垣根の外の命かな」という呉陵軒の発句が記されている。

みずからの門下を含めた下谷・浅草の作者群を率いて、新点者・川柳を盛り立てた呉陵軒は、年齢的にも、その道においても、川柳の先輩だったと思われ、天明八年（一七八六）五月二九日、

雲晴れて誠の空や蝉の声

の辞世を残して逝ったのが、川柳に先立つ四年前のことだった。

翌天明九年七月二八日に、追善の角力句合（句会）が催されている。

平成二七年〈2015〉の〈誹風柳多留250年〉は、川柳が文芸性を確立して二五〇年の節目。単に一冊の本が刊行された基点からの経過時間が重要なのではなく、今日「川柳」と呼ばれる文芸が、その独立文芸としての理念を備え、短歌、俳句に次ぐ短詩文芸として存在することである。

川柳が川柳として他と区別されるのが〈川柳性〉だが、その川柳性を確立したのは、呉陵軒可有だった。

この恩人に僅かでも報いることができるよう、有志にはたらきかけ、行事とささやかな出版をすることにした。

早くから呉陵軒可有を評価してきた三柳の評論や小説を借り、木綿の句を纏めることで、彼の姿をおぼろげながらも感じ取れればと思う。

さいごに、編集に当って、快く旧稿を再検証してくれた三柳、句稿の引き合わせを行ってくれた浅岡わさ美さん、出版に背を押してくれた竹田麻衣子女史のご好意を書き留めて感謝する。ありがとうございました。

平成二七年三月吉日

玄武洞にて　尾藤一泉

川柳公論叢書 第3輯 ①
呉陵軒可有
○
2015年5月25日　初版
著　者
尾　藤　　三　柳
編集人
川柳公論編集室 尾藤一泉
東京都北区栄町38-2 〒114-0005
TEL/ FAX:03-3913-0075
URL:http://www.doctor-senryu.com/

発行人
松　岡　　恭　子
発行所
新　葉　館　出　版
大阪市東成区玉津1丁目9-16 4F 〒537-0023
TEL06-4259-3777 FAX06-4259-3888
http://shinyokan.jp/

印刷所
亜細亜印刷株式会社
○
定価はカバーに表示してあります。

ISBN978-4-86044-597-3